大展好書　好書大展

品嘗好書　冠群可期

怪盜二十面相

江戶川亂步

品冠文化出版社

目錄

怪盜二十面相

少年偵探①

怪盜二十面相

江戸川亂步

前言

最近，在日本東京的每個城鎮與住家中，人們碰面時就好像討論天氣一樣，一定會談論怪盜「二十面相」的事蹟。

「二十面相」是每天的報紙都會報導的神奇盜匪的名字。這個竊賊據說有二十種不同的面貌。也就是說，他擅於易容術。

即使在明亮的場所，或近在咫尺仔細凝視著他，也不知道他已經易容了，看起來完全判若兩人。無論裝扮成老人或年輕人，富豪或乞丐、學者或無賴漢，不，甚至妝扮成女人也維妙維肖。

這個竊賊的年紀到底多大?長相到底如何？沒有任何人見過。雖說有二十種面貌，但是，其中到底哪一種才是他原本真正的面貌，沒有任何人知道。

可能竊賊本身也忘記自己原來真正的面貌了吧。總之，他不斷用不同的面貌、不同的姿態出現在人前。

堪稱易容天才的竊賊，連刑警們都感到很困擾。因為根本不知道他的真正長相，因此根本無從搜索。

但是，慶幸的是，這位竊賊只偷竊寶石與美術品等昂貴物品，對於現金完全不感興趣，而且他從來沒有殺人或傷人，因為他討厭流血。

即使他討厭血，他還是要做壞事。因此，如果你處於危險中，真是不知該如何逃避危險。東京人雖然不斷傳說「二十面相」的事蹟，但是心中卻異常的害怕。

尤其是，日本一些擁有珍貴寶物的富豪們更是膽顫心驚。因為即使求助於刑警，刑警也無法保護他們的珍貴寶物，因為對象是非常可怕的竊賊。

同時，這位「二十面相」有一項非常奇怪的習慣。也就是說，當他想要偷盜某件寶物之前，一定會事前將通知信送達苦主家，說明自己在近日內會前去拜訪。雖然是竊賊，也許他不喜歡不公平的交手方式。或是想要凸顯無論富豪們多麼小心看守寶物，他還是有本事將寶物偷到手

的高明本事。總之，他的確是一位非常大膽、旁若無人的怪盜。

本故事說明，一位來去自如的神奇怪盜，與日本第一名偵探明智小五郎鬥智、鬥力的大鬥爭故事。

大偵探明智小五郎有一位少年助手，名叫小林芳雄。這位可愛的小偵探好像小松鼠般敏捷的活動，表現令人讚賞。

前言就說到這兒，趕緊來看故事吧。

鐵製陷阱

在麻布的某個小城鎮，有一座方圓百尺寬的大宅邸。

四公尺高的水泥牆綿延不斷。走進大鐵門，放眼望去是茂密的大蘇鐵，透過尖尖的葉子望去，可以看到華麗的玄關。

這是一棟寬廣的日式建築，屋頂覆蓋黃色的磚瓦。兩層樓的大型洋房後方，有一座有如公園般寬廣、美麗的庭園。

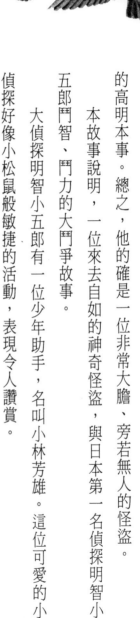

這是實業界大老——羽柴壯太郎的宅邸。

羽柴家，目前遇到莫大的喜悅與莫大的恐懼。

令人喜悅的是，十年前離家的長男——壯一，為了向父親道歉，決定由南洋的婆羅洲返回日本家中。

壯一天生是個冒險兒。中學畢業後，決定和朋友兩人一起前往南洋開闢新天地，希望闖出一番大事業。然而，父親壯太郎不允許他這麼做，最後壯一只好離家出走，搭乘一架小帆船前往南洋。

十年內，壯一沒有寄給家中任何一封書信，行蹤不明。三個月前，突然從婆羅洲的三打根寄信回來，說明他已經成為一位成熟的男人，想要回來向父親道歉。

壯一現在在三打根地區種植一大片橡膠林，隨信也附上橡膠林與自己的照片。已經三十幾歲了，留著鬍子的他，的確像個大人。

父親、母親與妹妹早苗，以及就讀小學的弟弟壯二，都感到非常高興。壯一預計在下關下船，再轉搭飛機回來，全家人都期盼這一天趕快

到來。

另一方面，對於羽柴家而言，卻有另外一件令他們感到害怕的事，也就是接到怪盜「二十面相」的可怕通知信。通知信的內容是，

「我是個什麼樣的人物，相信您在報紙上已經知道了。

聽說您將昔日裝飾在洛馬諾夫王室（註①）皇冠上的六顆大鑽石當成您家的家寶珍藏。

因此，我決定近日內將前去盜取，希望您將這六顆大鑽石免費讓給我。

詳細時間另行通知。

你最好小心防範。」

通知信的署名是「二十面相」。

這些鑽石是在俄羅斯的帝政沒落後，白俄羅斯人（註②）獲得洛馬諾夫王室的皇冠，同時取下鑲在皇冠上的寶石賣給中國商人，後來輾轉由日本的羽柴買到，價值二十萬日幣（註③），是非常珍貴的寶物。

這六顆寶石現在收藏在壯太郎書房的金庫中。根據怪盜寫來的信，似乎他已經知道寶石藏在何處了。

接到這封通知信時，主人壯太郎並沒有嚇得臉色發青，但是夫人與女兒、僕人等都嚇得發抖。

羽柴家的管家近藤，把這件事情當成主人家的一件大事，因此，趕緊通知刑警請求保護，而且重新購買猛犬，採取各種預防竊賊來襲的手段。

羽柴家附近住有巡邏員一家人，近藤管家請求巡邏員聯絡一些沒有值班的朋友定時前來，宅邸中隨時保持有二、三位巡邏員巡邏的狀況。

註①：自一六一三年到一九一七年，支配俄羅斯的王朝。
註②：一九一七年俄羅斯革命後，亡命到外國的俄羅斯人。
註③：現在約四億日圓。

同時，壯太郎有三位祕書。巡邏員加上祕書、猛犬，在如此嚴密的防衛下，即使怪盜「二十面相」，可能也無法偷偷溜進來。

但是，現在全家人還是一心等待長男壯一回來。他赤手空拳前往南洋，現在即將成功歸來的豪爽男兒，只要他回來，可能就能使全家人安心了。

終於到了壯一抵達羽田機場的早晨。

這是一個晴朗的秋天早晨，陽光一大早就射進屋內，一位少年出現在羽柴家的倉庫前，他是小學生壯二。

早餐還沒有準備好，一大早宅邸內非常安靜。只有早起的麻雀在庭木的樹枝上與倉庫的屋頂上跳躍。

這天早上，壯二穿著棉布睡衣，雙手好像拿著什麼鐵製的物品，從倉庫的石階走入庭園。他到底要做什麼呢?可能不僅麻雀嚇了一跳。

壯二昨天晚上做了一個可怕的夢，也就是怪盜「二十面相」不知道從哪裏偷偷溜進洋房的二樓書房，同時偷走了寶物。

怪盜蒼白、面無表情的臉，就好像掛在父親起居室牆上的面具一般。他偷了寶物之後打開二樓的窗戶跳下庭院。

他「哇」的大叫了一聲清醒過來，還好只是個夢。但是，無論如何壯二絕不希望夢境變成事實。

「怪盜二十面相這個傢伙一定會從那個窗戶跳向庭園，而且會穿越庭院逃走。」

壯二深信怪盜一定會這麼做。

「窗戶下方有花壇。他一定會踩在花壇上跳下來。」

就在幻想時，壯二的腦海中突然產生奇妙的想法。

「對了，這真是一個好辦法。只要在花壇中設下陷阱，如果正如同我預料的，怪盜先跳入花壇再跳下二樓，只要在花壇中設下陷阱，一定就能抓住他。」

壯二想到的陷阱，是父親一位經營山林的朋友，去年請父親製作的鐵陷阱。當時曾經找來美國製的樣品，後來這個樣品就擺在家中的倉庫

裏，壯二終於想起來了。

壯二不斷的計畫著。但是，在廣大的庭院中如果只設一個陷阱，賊人不見得就正好踏入這陷阱中。但是，壯二這個小學生似乎沒有考慮到這一點。只是很想設立陷阱，因此，比平常早起，趕緊溜入倉庫取出大的鐵製陷阱。

壯二突然產生一種過去抓到老鼠時那種興奮的心情，但是，這次的對象不是老鼠而是人，而且是「二十面相」這位人人聞之喪膽的怪盜，當然，興奮的心情比捕捉老鼠時大數十倍。

當他將鐵製陷阱運到花壇正中央時，用力拉開帶有大鋸齒的兩個鐵框，為了避免怪盜看到陷阱，因此趕緊收集枯草仔細蓋在陷阱上方。

如果怪盜一腳踩入陷阱中，就好像抓老鼠一樣，兩邊的大鋸齒會立刻像漆黑的猛獸牙齒一般，會立刻彈跳起來用力咬住怪盜的腳。

當然，如果家人踩到陷阱就糟糕了。不過，因為設在花壇正中央，除非竊賊，沒有人會跳到花壇中。

「這樣就好了。但是，真的有這麼順利嗎？如果竊賊真的被陷阱夾住，那真的是一件很愉快的事情喔。」

壯二好像向神祈禱般這麼想著，笑著跑回屋中，真像個孩子一樣。但是，少年的直覺絕對不能等閒視之。事實上，壯二精心設立的陷阱日後卻發揮重大的作用，各位讀者一定要記住這個陷阱喔。

是人是魔

到了下午，羽柴一家總動員，準備前往羽田機場迎接歸國的壯一。

從飛機上走下來的壯一，出乎意料的看起來英姿煥發。他將茶褐色的薄外套夾在腋下，身上穿著合身的同色系西裝背心，打摺西褲內的雙腿看起來很修長，好像電影中的西方人一樣。

頭上戴著茶褐色同色系的軟帽，帽子下方露出被太陽曬成古銅色的美麗臉龐，臉上帶著笑意。一字眉配上發亮的大眼睛，每次笑的時候都

會露出整齊的白皙牙齒，嘴唇上留著鬍子，看起來真是令人懷念。和照片裏的人一模一樣。不，應該說比照片上的人更顯氣派。

和眾人握手之後，壯一被父、母左右包圍坐上車子。壯二和姐姐與近藤老人一起坐在後面那部汽車裏。車子開動之後，壯二還不停的凝視從前車的後車窗可以看到的哥哥的身影。小男孩感到非常高興。

回到家中後，所有家人圍著壯一問長問短，不知不覺中天色已經黑了。餐桌上已經擺滿媽媽用心做好的晚飯。

餐桌上鋪著嶄新的桌巾，大餐桌上以美麗的秋天花朵裝飾著，每個人的座位上都擺著閃閃發亮的銀製刀叉。今天和平常不同，甚至還拿出疊的方方正正的餐巾。

用餐時，壯一當然是談話的主角。他不斷訴說南洋的風情，同時也說一些離家前少年時代的回憶。

「壯二，那時候你才剛學會爬呢，爬進我的書房並爬上桌子，還打翻墨汁，抹得整臉都是，好像一個小黑人。媽媽看到的時候都慌了。是吧!媽媽。」

媽媽似乎不記得曾經發生過這件事情,但是眼中泛起喜悅的淚光,笑著點點頭。

但是,各位讀者,這一家人的喜悅,因為背後還隱藏一件重大的事情,因此,就好像演奏中的小提琴突然斷了弦一樣,喜悅頓時消失。

就好像無心的惡魔一般,在親子兄弟闊別十年後再會的筵席上,好像詛咒他們的幸福似的,殘忍的打斷他們的快樂。

正當大家訴說回憶時,祕書拿了一封電報走進來。即使眾人聊天聊得渾然忘我,也不能不看電報。

壯太郎皺著眉頭看著電報,結果如何呢?突然間他很生氣的沈默不語。

「爸爸,你是不是在擔心什麼事情啊?」

壯一眨眨眼看著父親。

「嗯,的確是很麻煩的事情。我不想讓你們擔心,但是,今天晚上

大家要特別小心謹慎。」

電報上的內容是——

「今夜十二點　依照先前的約定前來拜訪　二十。」

二十，大概就是怪盜「二十面相」的簡稱。「今夜十二點」就是午夜十二點。

「這個二十，難道就是怪盜二十面相嗎？」

壯一嚇了一跳，看著父親。

「是啊，你也知道嗎？」

「自從在下關登岸之後，一直聽到有關他的傳聞。在飛機上也看了報紙。他終於想要攻擊我們家了。但是，那傢伙想要什麼呢？」

「你不在家的時候，我得到昔日俄羅斯皇帝皇冠上鑲的寶石。盜賊就是想要這個東西。」

接著，壯太郎告訴壯一，有關怪盜「二十面相」的事情以及先前收到的通知信。

「但是，今晚有你在家我就安心了。我們兩人一起守在寶石前面不要睡覺好了。」

「好哇，我對於自己的臂力深具自信。回家後立刻能夠發揮作用真是太好了。」

整個宅邸內立刻保持警戒。臉色蒼白的近藤管家在晚上八點時，將包括外面的大門以及所有出入口全部緊閉，從裏面加上一道鎖。

「今天晚上謝絕任何訪客。」

老人對於僕人們下達嚴格的命令。

徹夜由三名巡邏員與三位祕書、汽車駕駛等輪流守在各出入口或巡視宅邸。

羽柴夫人和早苗、壯二等人，則被吩咐早一點進入寢室休息。

所有的僕人，全部聚集在一個房間內，眾人顯得有點害怕的竊竊私語。

壯太郎和壯一，則守在洋房二樓的書房中。書房桌上已經備妥三明

治和葡萄酒，兩人打算熬夜。

書房的所有門窗都緊緊上鎖，甚至連螞蟻都無法爬進來。

坐在書房中的壯太郎，苦笑的說道：

「也許我們太小心了。」

「不，對付這種傢伙一定要格外小心。先前我看報紙研究『二十面相』事件，仔細了解之後，我真的發現他是一位很可怕的人。」

壯一的表情嚴肅，同時有點不安的回答。

「難道你認為我們這麼周密的防備，他還是有辦法侵入嗎？」

「嗯，也許你覺得我很膽小，但是我真的這麼認為。」

「但是，他到底能從哪裏進來呢？……竊賊為了獲得寶石，首先必須翻越高牆，同時必須避開眾人的耳目才能到達這裏。即使到達書房，也必須打開門才行，同時還必須對付我們兩個人。不僅這樣，寶石放在必須知道密碼才能打開的金庫中。即使二十面相是魔術師，又如何突破這些重重關卡呢？哈哈哈……。」

壯太郎大笑著。但是，笑聲中卻透露出一種空虛的感覺。

「但是，爸爸，根據報紙報導，我覺得這並不是不可能的，他不是每次都輕輕鬆鬆的達成目的嗎。原以為擺在金庫裏可以安心，結果，沒想到金庫後方卻被鑽了一個大洞，最後發現其中已經空無一物的例子不是曾經發生嗎。還有，由五名壯漢看守寶物，結果怪盜不知道以什麼方式讓他們服下安眠藥，在最重要的時刻大家全都睡著了。

這個傢伙根據不同的情況，運用智慧採用各種不同的手段。」

「喂，壯一，你這好像在讚美竊賊嗎！」

壯太郎好像有點不高興似的，看著兒子。

「不，不是讚美。但是，我越研究那個傢伙，越發現他是個可怕的傢伙。他的武器不是臂力而是智慧。他運用智慧的能力，幾乎是超越世人，無人能及的。」

就在父子不斷討論時，夜已經深沉，同時戶外開始起風，連玻璃窗都被風吹得噗嘟噗嘟響。

「不，既然你這麼稱讚竊賊，我也有點擔心了。還是確認一下寶石好了。如果金庫背後被挖了一個洞可就糟糕了。」

壯太郎笑著站了起來，走進房間角落的小型金庫，轉動轉盤打開金庫的門，小心翼翼的取出裏面放置的紅銅製小箱子，然後謹慎的捧著小箱子走回原先的座位。輕輕的將箱子擺在與壯一之間的圓桌上。

「我還是第一次看見呢！」

壯一對於這次事件的關鍵物似乎產生了好奇心，眼中閃耀光芒。

「嗯，你可是第一次看到。這是過去俄羅斯皇帝戴在頭上的鑽石喔！」

當小箱子被打開時，映入眼簾的，是眩目耀眼的彩虹光芒。六顆鑽石如同大豆般大小，事實上真的非常美麗，分別躺在鋪著黑絲絨的檯子上。

壯一充分鑑賞之後，小箱子的蓋子再度被蓋起來。

「就將這個箱子擺在這裏吧。與其放回金庫中，不如我們用四隻眼睛瞪著它更安全。」

「嗯，說的也是。」

兩人不再說話。安靜的坐在擺著小箱子的桌前，互相看著對方。

風不斷的吹動玻璃窗，遠處傳來狼犬的狂吠聲。

「幾點了？」

「十一點四十三分。還有十七分鐘……。」

壯一看著手錶回答。接下來兩人又沈默不語。即使膽大的壯太郎此時臉上也變蒼白了，同時額頭開始冒出汗水。壯一則緊握雙拳，將拳頭放在膝蓋上，緊咬著牙齒。

兩人屏氣凝神，甚至可以清楚聽到手錶的秒針跳動聲似的，房間內寂靜無聲。

「還有幾分鐘？」

「還剩十分鐘。」

這時，突然看到小小的白色東西在地毯上奔跑，兩人仔細一看好像

是小老鼠。

壯太郎嚇了一跳看著桌下。因為白色的東西鑽入桌下。

「咦，這不是乒乓球嗎！為什麼會滾到這裏來呢？」

從桌下撿起乒乓球，奇怪的看著它。

「真奇怪。壯二，把它擺在那邊的架子上，可能因為震動而掉下來吧。」

「說的也是……。幾點了？」

壯太郎詢問時間的次數，越來越頻繁。

「還剩四分鐘。」

兩人再度面面相對。秒針走動的聲音聽起來令人害怕。

三分、二分、一分。時間越來越逼近了。怪盜二十面相可能已經跳過圍牆。現在可能正穿越走廊……。不，可能已經來到門外，正在豎耳傾聽呢！

啊，現在他是不是發出可怕的聲響，正在破壞門呢？

「爸爸，你怎麼了？」

「不不，沒什麼。我不想輸給怪盜二十面相。」

雖然這麼說，壯太郎還是臉色蒼白，雙手撐著額頭。

三十秒、二十秒、十秒。秒針配合兩人心臟的跳動，時間逐漸接近了。

「幾點了？」

壯太郎好像呻吟似的問道。

「十二點過一分。」

「什麼？過一分？……哈哈哈……，壯一，怪盜二十面相的通知信根本不準，寶石還在這裏呀，沒有任何異狀。」

壯太郎好像獲勝似的大笑著。但是壯一卻笑不出來。

「我不相信。寶石真的沒有異狀嗎？我不相信怪盜二十面相他會違約。」

「你說什麼！寶石不是還在眼前嗎？」

「但是，那是箱子啊！」

「哦，你是說只有箱子，裏面的寶石已經不見了！」

「最好確認看看。沒有確認之前我不放心。」

壯太郎立刻站了起來，雙手壓著紅銅色的小箱子。壯一也跟著站了起來。兩人的眼睛互相瞪著對方看了一分鐘。

「好。打開看看吧！不可能有這種事情的。」

小箱子的蓋子立刻被打開。同時壯太郎大叫了一聲「啊」！不見了！黑絲絨鋪成的架子上空無一物，寶石已經不見了。花費二十萬日幣買來的寶石，就好像完全蒸發似的，消失得無影無蹤。

魔術師

兩人沈默了好一陣子，臉色蒼白的看著對方。壯太郎突然說：

「真不可思議！」

「真不可思議！」

壯一也說了同樣的話。奇怪的是，壯一看起來既不擔心也不害怕。甚至唇邊還泛起微笑。

「門窗緊閉沒有異狀，如果有人進來，絕對無法逃過我的眼睛。竊賊難道就像幽靈一樣，是從鑰匙孔鑽進來的嗎？」

「不過，怪盜二十面相不可能變成幽靈。」

「但是，在這個房間裏能夠碰到鑽石的只有你和我兩人而已啊！」

壯太郎面露訝異的表情，看著自己的孩子。

「是啊，只有你和我而已。」

壯一唇邊的微笑越來越明顯。他開始笑了起來。

「壯一，你為什麼笑？有什麼好笑的！」

壯太郎突然臉色大變的叫道。

「我非常佩服他的手法。他真是太神奇了。他真的遵守約定，即使

在重重的警戒之下，他還是能夠突破警戒。」

「你說什麼！你在稱讚竊賊。難道你看到我慌張的表情覺得很可笑嗎？」

「是啊。看到你這麼慌張，我覺得很愉快呢！」

這難道是孩子應該對父親說的話嗎。壯太郎並不是生氣，反而是更為驚訝。在眼前微笑的這位青年，感覺好像不是自己的兒子，而是一位身分不明的人。

「壯一，你留在原地不要動。」

壯太郎面露可怕的神情瞪著兒子，好像要按緊急按鈕似的，靠向房間一邊的牆壁。

「羽柴先生，你在那裏不要動。」

令人驚訝的是，兒子竟然稱父親為羽柴先生，同時從口袋裏掏出小型手槍。握著手槍的手抵住壯太郎的腋下瞪著他，臉上依然帶著笑容。

壯太郎看著手槍，佇立不動。

「不可以叫人。如果你發出聲音，我就立刻扣下板機。」

「你到底是誰？難道……」

「哈哈哈……，你終於知道了嗎！你安心吧，我並不是你的兒子壯一。沒錯，我就是你稱為怪盜二十面相的人。」

壯太郎好像看見妖怪似的看著對方，似乎無法接受這個事實。那麼，從婆羅洲寄來的信，到底是誰寫的呢？那個照片是誰的照片呢？

「哈哈……，怪盜二十面相是童話中的魔術師。別人辦不到的事情我都能辦到。羽柴先生，謝謝你送我的鑽石。」

怪青年似乎不知道自身的危險，心平氣和的說明。

「我知道壯一失蹤的消息，也得到他離家前的照片。我想像這十年來壯一的臉會產生什麼改變，就做成這個臉型。」

他說著拍拍自己的臉頰。

「所以，那個照片的確是我的照片。信也是我寫的。我叫待在婆羅洲的朋友將信和照片寄過來。真抱歉，壯一依然是行蹤不明，他並沒有

待在婆羅洲。從頭到尾都是怪盜二十面相導演的戲。」

羽柴家的一家人都沉浸在長男歸來的喜悅中，沒想到這竟然是個可怕的圈套。

「我會使用忍術喔！」

怪盜二十面相繼續說道。

「你知道嗎，先前的乒乓球就是忍術的手法。那是從我的口袋裏掉到地板上的。這時你注意乒乓球而看著桌下，趁著這個時候我從寶石箱中拿出鑽石，哈哈哈……。那麼，再見了！」

竊賊依然拿著手槍，以倒退的方式退到門邊，用左手轉動插在鑰匙孔上的鑰匙，打開房門跳到走廊上。

走廊上有面對庭院的窗戶。竊賊拉開窗戶上的勾環打開玻璃窗，跨在窗邊時他突然說道：

「這是我送給壯二的玩具。我不會殺人的。」

說著把手槍扔入房間裏，就這麼消失了蹤影。

他從二樓跳入庭院中。

壯太郎這時才恍然大悟。

原來是玩具手槍。先前他一直被玩具手槍恐嚇著而無法叫人。

但是，各位讀者還記得嗎，竊賊跳下的窗子，就是少年壯二夢中出現的窗子。下方的花壇中正好有壯二所設的鐵製陷阱，正張開鋸齒狀的大嘴等待獵物。原來夢境是真的。

那麼，也許陷阱能夠發揮一些作用呢！

啊，只是也許罷了！

水池中

竊賊扔掉手槍往外一跳，這時壯太郎立刻跑到窗邊，看著黑暗的庭院。

雖說黑暗，但是，庭院各處都點著像公園的夜燈般的電燈，因此還

是可以看到人。

竊賊跳下之後雖然曾經倒下，但是立刻又站了起來開始往前奔跑，結果他真的跳入花壇中。在花壇中跳了兩、三步，突然聽到喀擦一聲金屬聲，黑影立刻倒了下去。

「來人啊！賊、有賊！快到庭院去抓！」

壯太郎大聲叫著。

如果沒有陷阱的話，恐怕竊賊早已逃之夭夭。壯二雖然還是個孩子，但是他的想法卻奏效了。

竊賊想要拿掉陷阱的時候，羽柴家的人已經從四面八方湧過來。包括穿著制服的巡邏員、祕書以及司機總共七個人。

壯太郎趕緊跑下樓梯，在近藤老人的陪伴下，從樓下的窗戶將電燈照向庭院，幫忙逮捕竊賊。

但是，奇怪的是，特別買來的猛犬約翰，這時卻不見蹤影。如果有約翰加入，相信一定可以抓到竊賊。

怪盜二十面相終於掙脫了陷阱，正當起身時，手上拿著手電筒的追兵已經來到十公尺面前，同時左右與正面都有追兵。

竊賊好像黑旋風一般奔馳而去。不，應該說好像子彈般穿越追兵圍成的圓形陣勢，跑向庭院深處。

庭院像公園一般大，內有假山和池塘，還有好像森林般的樹木，同時光線昏暗，七個追兵當然不夠，這時如果約翰在的話……。

但是，追兵拼命追趕。其中三名巡邏員都是擅於追捕獵物的人，看到竊賊跳入假山上的灌木林中時，立刻沿著平地跑到假山的另外一邊去圍堵他。後面來的追兵則在假山的這一邊包圍。

這麼一來，竊賊就無法逃出圍牆外。而且圍繞庭院的水泥牆高達四公尺，如果不拿梯子根本爬不出去。

「啊，這裏，賊在這裏！」

一名祕書對著假山上的灌木林大叫著。

手電筒的圓光，從四面八方聚集過來。照的灌木林好像白天一樣明亮。竊賊背對著光線，好像球一樣掛在假山右邊，宛如森林般的樹上。

「別想逃，下來吧！」

這時，手電筒的光線不斷照著高大的樹木。

庭院相當寬廣，內有許多樹木與岩石，雖說已經看到賊的背部就在眼前，但是卻無法抓住他。

這時，利用電話緊急報警後，由附近的警察局跑來的數名警察立刻包圍在圍牆外。竊賊就好像籠中之鼠般。

可怕的躲貓貓遊戲，在宅邸內持續了一陣子。但是，追兵們卻突然失去竊賊的蹤影。

竊賊一直往前跑。好像穿過大樹幹似的，時而可見時而消失，然後突然消失。雖然用光線照射每一棵樹木，但是卻看不到竊賊了。

圍牆外有趕來支援的警察守護著。建築物內除了洋房之外，還有日式房間與木板套窗，可說相當寬廣。家中全部燈火通明，燈火照向庭院時，壯太郎與近藤管家、壯二以及其他幫忙的人，就在一旁盯著庭院中

的獵物，他不可能逃走的。

竊賊一定躲在庭院中的某處。但是，七個人無論怎麼搜尋都找不到他的蹤影。難道怪盜二十面相會使用忍術嗎？

只好等到天亮再重新搜尋。大門、後門和圍牆外都有人守著，竊賊就好像甕中之鱉一樣，就算等到早上應該也沒有問題。

因此，羽柴家的追兵為了幫助宅邸外的刑警隊，因此從庭院撤退，只有一位名叫松野的司機還待在庭院裏。

宛如森林般聳立的樹，木圍繞一個大水池。司機松野在眾人身後走到這個池邊時，突然發現奇怪的東西。

利用手電筒照射池水，發現水邊都是落葉，但是在落葉中卻看到一根斷竹稍微浮在水面上晃動著。那不是風造成的，而且也沒有波浪，只有斷竹獨自搖動著。

松野的腦海中突然閃過一個念頭，很想叫回眾人，但是，又不敢確定，因為實在太令人難以置信了。

他就在電燈的照明之下蹲在池邊，同時開始奇怪的舉動。

他從口袋裏找出衛生紙，撕碎之後悄悄的擺在池中的斷竹上。

結果發生了奇怪的事情。碎紙片在竹筒前端開始上下移動。紙片會動，表示竹筒中有空氣噴出。

松野真的不敢相信自己的想像。但是，事實擺在眼前，沒有生命的斷竹，真的在呼吸。

冬天時因為池水結冰，因此不可能發生這種事情。但是先前說過，此時是十月的秋季時節，天氣還不是很寒冷。而怪盜二十面相這個怪物就好像魔術師一樣，非常喜歡冒險。

松野認為這時可以叫眾人過來了。但是他想邀功，希望不要借助他人的力量獨得這份功勞。

他將手電筒擺在地上，伸出雙手抓住斷竹，開始往上拉。

斷竹長三十公分，可能是壯二在庭院玩的時候丟在池邊的。就在拉扯之下竹子變得越來越長。但是，不僅有竹子，在竹子的盡頭看到一隻

沾滿池中污泥的手抓著竹子。不，不光是手，繼手之後好像禿頭海怪般的人的身影出現了。

樹上的怪盜

接著池邊到底發生什麼事情，就讓各位讀者想像一下吧！

五、六分鐘之後，司機松野好像什麼事情也沒有發生似的，依然站在池邊。只是他的呼吸急促，除此之外別無異樣。

他開始走向正屋，只是腳有一點跛。他跛著腳穿越庭院，走到大門口。

大門上，有兩位祕書拿著好像木刀的東西守候著。

松野走到他們面前，好像有點痛苦似的用手撐著額頭。

「我覺得很冷，好像發燒了。我想稍微休息一下。」

他有氣無力的說著。

「啊，是松野。好，你去休息吧，這裏交給我們。」

其中一位祕書很有精神的回答著。

司機松野，打過招呼之後就走入玄關邊的車庫。他的房間就在車庫後面。

就這樣一直到天亮，都沒有發生特別的事情。沒有任何人通過大門和後門。

在圍牆外守候的巡邏員，也沒有看到竊賊出入。

七點時，警政署來了大批官員檢查整個宅邸。結束搜索之前裏面的人全部禁止外出。只有必須上課的學生可以外出。就讀門脇女校三年級的早苗和在高千穗小學就讀五年級的壯二，到達上學時間時，和平常一樣坐上車子離開住宅。

司機好像還沒有恢復精神似的並沒有開口說話。他顯得很疲累，但是因為必須送孩子上學，所以他坐上駕駛座。

警政署的中村搜查組長，首先和主人壯太郎，在犯罪現場的書房碰面，仔細聆聽事情的始末，同時一一調查宅邸內的人員，並且開始搜索庭院。

「昨晚我們都在這裏守候，直到現在都沒有人離開宅邸，也沒有人爬過圍牆。有關這一點你可以相信我們。」

所屬刑事局的主任刑警，斷然的對中村組長這麼說。

「哦，那麼賊應該還躲在宅邸內嘍！」

「是的。我認為如此。但是，天亮之後又開始搜索，不過到目前為止都沒有發現竊賊，只看到狗的屍體……。」

「咦，狗的屍體？」

「是的。羽柴家為了捉賊而飼養一隻名叫約翰的狗，但是牠昨天晚上被毒死了。調查之後才知道，假扮成主人長子的怪盜二十面相昨天傍晚前往庭院，不知道餵狗吃下什麼東西。他的顧慮真是周到。如果不是主人的二少爺設下陷阱，恐怕竊賊早就輕易逃走了。」

「喔，再仔細搜查庭院一次。因為庭院非常廣大，也許竊賊躲在某個地方。」

兩人正站在那裏說話時，庭院的假山對面傳來尖叫聲。

「大家來一下。找到了，找到竊賊了。」

傳來叫聲的同時，庭院各處響起雜沓的腳步聲。警察們馬上趕到現場。中村組長與主任刑警也趕緊跑了過去。

到達現場一看，發出叫聲的是羽柴先生的一位祕書。他站在如同森林般的樹叢中，站在一棵大樹下指著上方。

「你看。上方那個就是竊賊。我還記得他穿的衣服。」

樹木高三公尺，前端形成交叉狀，在交叉處的確可以看到有一個人在茂密的樹枝間跨坐著。

難道是發現自己無法逃走而自殺，竊賊已經氣絕身亡了嗎？

但是，也許只是昏倒而已，或是在樹上打瞌睡呢？

「來人，把他拉下來。」

在組長的命令下，屬下立刻搬來樓梯，有人爬上去，有人在下方接著，花費三、四個人的力量才把竊賊抓下地面。

眾人看到賊被細繩緊緊的綁著。而且嘴巴還被塞了東西。

「咦，被綁著！」

口中塞住一條大手帕，再用另外一條手帕緊緊塞住，同時衣服好像被雨淋濕似的，全身濕淋淋的。

口中的填塞物被拿掉之後，男子終於恢復精神說道：

「畜生！畜生！」

他大叫著。

「咦，你不是松野嗎？」

祕書驚訝的叫著。

原來他不是怪盜二十面相。雖然穿著怪盜二十面相的衣服，但是長相完全不同。他的確是司機松野先生。

提到司機，先前松野不是送早苗和壯二上學而出門了嗎？為什麼會在這裏呢？

「你到底是怎麼回事啊？」

組長問道。松野說：

「畜生綁住了我。我被竊賊綁住了。」

他懊惱的大叫著。

壯二的行蹤

根據司機松野的說法，竊賊採取以下的手段掩人耳目，在眾目睽睽之下逃走了。

前一晚被眾人追趕時，竊賊跳入庭院的池中並且鑽入水中，但是，在池水中無法呼吸，這時正好看到池邊有一段壯二當成玩具的斷竹，因此，拿著斷竹在池水中當成呼吸管微微呼吸，等待追兵離開。

但是，走在眾人之後單獨搜查這個方向的司機松野，發現了斷竹，繼而發現賊人的蹤跡，竊賊只好從池中浮出。

當然，兩人在黑暗中展開搏鬥，可惜松野打輸了，立刻被竊賊五花大綁，同時口中被塞入東西，服裝被對換之後，就被扛到高高的樹上掛在那兒。

那麼，送壯二姐弟上學的司機，應該就是假扮的松野。原來壯太郎的一對寶貝兒女，不知道被怪盜二十面相開車送到哪裏去了。眾人感到非常驚訝，失去孩子音訊的羽柴夫婦的擔心，當然就不必說明了。

首先打電話到早苗就讀的門脇女校，結果發現早苗已經平安無事到達學校。看來竊賊並沒有想要綁架孩子，因此感到很安心。接下來打電話到壯二的學校，雖然已經是上課時間，但是校方人士回答並沒有看到孩子。聽到這個消息時，父母嚇得臉色大變。

也許竊賊知道是壯二設下的陷阱，因為陷阱弄傷他的腳，為了報復而只綁架了壯二。

知道孩子失蹤後，當然又引起了一陣大騷動。中村搜查組長立刻向警政署報告整件事情。在全東京佈線埋伏找尋羽柴家的汽車。還好立刻知道汽車的型號和車牌號碼，有足夠的線索。

壯太郎幾乎每隔三十分鐘，就打電話到學校和警政署詢問詳情，但是過了一小時、兩小時、三小時之後，還是沒有孩子的消息。

不過，這天過了中午之後，有一位穿著有點骯髒的西裝背心、頭戴鴨舌帽的青年，出現在羽柴家的玄關，說了一番奇怪的話。

「我受到你們家司機的拜託，他說臨時因為有事情要辦，因此請我將車子開回來。車子已經開進大門，你們檢查看看吧。」

祕書向裡面的主人報告這件事情。主人壯太郎和管家近藤老人跑到玄關檢查車子，的確是羽柴家的汽車。但是，裏面空無一人。壯二還是被綁架了。

「咦，這裏有一封奇怪的信耶！」

近藤管家在汽車的座椅上找到一封信。署名「羽柴壯太郎先生　親啟」。並沒有寄信人的名字。

「這是怎麼回事啊？」

壯太郎打開信，直接站在庭院中閱讀。信的內容如下。

昨晚獲得六顆鑽石。帶回家後越看越覺得是非常棒的寶石，將會當成家寶好好保存。

雖說是禮物，但是還是有些怨恨。到底是誰在庭院中設下陷阱？我當然必須花費一些時間才能治癒腳傷，我有要求損害賠償的權利。因此，我要把你的兒子壯二當成人質。

壯二現在被關在敝宅的地下室裏，他不斷在黑暗中哭泣。壯二就是裝設那可惡陷阱的人，他當然應該受到這樣的待遇。

有關損害賠償的問題，我要求兩個觀音像。

昨天有幸參觀貴宅的美術室，看到兩幅很棒的觀音像，同時感到很驚訝。觀音像上說明那是鎌倉期的雕刻，安阿彌（註①）的作品，看起來似乎是國寶。對於深愛美術的我而言，真是非常喜歡。當時我就下定決心一定要得到這個佛像。

今晚十點我會派遣三名手下前往貴宅拜訪，請安靜的讓他們到美術室。他們只會拿走觀音像用卡車載走。人質壯二則會在我收到佛像之後歸還。我以怪盜二十面相之名向您保證。

這件事情不可以通知警方。同時也不可以跟蹤我的手下的卡車。如果發生這些事情，壯二就永遠不會回去了。我相信您一定會答應這個要求。為了確認你答應了，只有今晚，希望正門一直敞開到十點為止。看到這個信號時，我的手下就會前去拜訪。

怪盜二十面相　啟

羽柴壯太郎先生

註①：鎌倉前期創作佛像的名人，有「快慶號」之稱。

真是恬不知恥的要求。壯太郎氣得緊握拳頭。但是，對方以壯二為人質，因此自己無法採取行動。雖然覺得很遺憾，還是必須答應對方的

要求。

雖然抓住被竊賊拜託而將車子開回來的青年不斷詢問，但是卻問不出所以然。他只說拿了對方一些謝禮，完全不知道竊賊的事情。

少年偵探

青年司機回去之後，主人壯太郎夫妻與近藤老人，以及由學校的人員送回來的早苗，一起進入裏面的房間商量善後問題。不能再猶豫不決了，距離十點只剩下八、九個小時而已。

「其他東西還不要緊，即使鑽石只要花錢就可以再買到。但是，那個觀音像卻無法放棄，那是國寶級的作品，如果落入盜賊之手，我真的是對國內美術界感到非常抱歉。雖然這個雕刻擺在家中的美術室，但是絕對不是我的私有物品。」

壯太郎，似乎並不是只考慮孩子的事情。但是，羽柴夫人卻充耳不聞。她非常擔心可憐的壯二。

「但是，如果不把佛像交給他，不知道孩子會遭受什麼待遇。即使是非常重要的美術品，還是比不上人命啊。絕對不要告訴警方，就答應盜賊的要求吧！」

母親的眼中似乎已經看到關在地下室獨自哭泣的壯二。根本無法等到今晚十點，希望現在就立刻用佛像交換兒子回來。

「嗯，當然要讓壯二回來。但是，不僅鑽石被偷走，連那無可替代的美術品也即將落入盜賊之手，我真的覺得很可惜。近藤，有沒有什麼好方法呢？」

「這個嘛，如果通知警方，事情立刻會曝光。竊賊在信上說今晚十點之前不可以洩漏消息。但是，如果找私家偵探的話……。」

老人突然想到一個好方法。

「嗯，找私家偵探或許也不錯。但是，個人偵探有辦法辦好這個大事嗎？」

「聽說東京有一位非常厲害的偵探。」

聽到老人這麼說時，女兒早苗突然插口說道：

「爸爸，那就是明智小五郎偵探啊。只要有他，即使是警方束手無策的案件他也都能夠解決，他是一位名偵探喔。」

「對對對，就是明智小五郎這個人。他是一位偉大的男子。足以對付怪盜二十面相。」

「我曾聽過他的名字。那麼，悄悄的把這位偵探請來商量一下吧。我想，專家可能可以想出我們無法想到的妙計。」

結果就決定拜託明智小五郎來解決這個事件。

近藤管家趕緊翻閱電話簿，打電話到明智偵探家。接電話的聲音好像是個小孩子，聽到以下的回答。

「明智先生目前因為偵辦重大案件而到外國出差，所以不知道什麼時候回來。但是，負責代理先生的小林助手在此，如果要找他，他可以立刻前來。」

「是嗎！但這是一件非常困難的事件。如果是助手的話……。」

近藤管家有點猶豫。然而對方卻很有精神的說道：

「助手解決事情的手法也不比明智先生差喔。真的值得信賴。你可以試試看。」

「是嗎，那麼就拜託他過來幫忙。但是，絕對不能讓對方知道我們找你們處理這件事情。這是有關人命的事情，請你們特別注意。不可以洩漏給任何人知道。」

「這點不用你特別說明，我們也知道。」

經過一番問答之後，名叫小林的名偵探終於趕來了。

掛上電話不到十分鐘，一位可愛的少年就站在羽柴家的玄關前。這時祕書過來詢問，少年說道：

「我是壯二的朋友。」

他自我介紹。

「可是壯二少爺現在不在。」

聽到這樣的回答，少年好像有點失望似的說道：

「原來是這樣啊。但是，我想見他爸爸。因為我爸爸有口信要我傳達，我叫小林。」

來訪者提出這樣的要求。

聽到祕書的傳達，壯太郎一聽小林已經來了，立刻命令祕書帶他前往接待室。

當壯太郎進來的時候，看到一位蘋果臉、大眼睛的十二、三歲少年站在那裏。

「羽柴先生嗎，久仰久仰。我是明智偵探事務所的小林。接獲您的電話，所以我過來這裏。」

少年的眼睛咕嚕咕嚕的轉著，以清晰的口吻說道。

「喔，你是小林的僕人嗎?這件事情應該他本人來比較好……。」

當壯太郎這麼說的時候，少年舉起手來阻止他。

「不，我就是小林芳雄。沒有其他助手。」

「啊，是你本人嗎！」

壯太郎感到很驚訝，同時卻感到很愉快。看起來毫不起眼的孩子怎麼可能是名偵探呢！但是，少年的表情和舉止的確非比尋常。真的能和這個孩子商量這件重大事件嗎？

「先前在電話中說明，有手腕高明的名偵探就是你囉？」

「是呀！老師不在的時候，所有事情都交給我處理。」

少年很有自信的說道。

「先前你說你是壯二的朋友。你怎麼會知道壯二的名字呢？」

「如果連這一點都不知道怎麼當偵探呢！實業雜誌經常報導貴府的事情。電話中你們提到這是一件關係人命的事情，因此，我想應該是早苗或壯二失蹤了。而且這個事件應該與怪盜二十面相這個盜賊有關。」

小林少年，井然有序的分析著。

的確不錯。這個孩子可能真的是名偵探。壯太郎也非常佩服。

接著將近藤老人叫入接待室，兩人詳細對少年說明事件的始末。

少年只對重點提出簡短的詢問，認真的聽他們敘述。話題結束後，他提出想要看觀音像的要求。就在壯太郎的帶領下來到美術室，然後再度回到接待室。好一陣子時間他什麼也不說，閉上眼睛好像正在思考什麼似的。

少年終於突然張開眼睛，意氣風發的說道：

「我在思考一個巧妙的手段。既然對方是魔術師，那麼我也來變魔術好了。這是非常危險的手段，但是如果不危險，恐怕就無法成功。我過去也曾經遇過這種危險的經驗。」

「喔，那就拜託你了。是什麼手段呢？」

「那就是……」

小林少年靠近壯太郎，在他的耳邊耳語。

「咦，由你去做嗎？」

壯太郎驚訝的瞪大眼睛看著小林。

「是啊。想起來似乎有點困難，但是我們只是試驗這個方法。前些年，老師就曾經使用這個方法教訓法國的怪盜亞森羅頻。」

「這麼做壯二會不會有危險呢？」

「沒問題。對方如果是小盜賊反而很危險。既然是怪盜二十面相，他絕對不會破壞自己的約定。協定用壯二交換佛像，那麼在他遇到危險之前應該就會平安無事的送回來。如果情況不是這樣，到時候再想辦法好了。沒問題的，我雖然是個孩子，但是我絕對不會亂出餿主意。」

「明智先生不在的時候，讓你置身於這種危險中，萬一發生什麼事時，那該如何是好！」

「哈哈哈……或許是您們不了解我們的生活方式。其實偵探與刑警是一樣的，能在偵探案件時不慎殉職，亦是我們所望。但是，這點事並不算什麼。它並不是很危險的工作，你就裝作沒看見好了。我絕對不會退縮的。我一定會實行整個計畫。」

羽柴先生和近藤老人都很佩服少年的精神。

經過長時間的協議，結果他們決定按小林少年的計畫進行。

佛像的奇蹟

到了這天晚上。

依照約定，晚上十點時怪盜二十面相的三位手下，進入敞開的羽柴家大門。

盜賊對站在玄關的祕書等人說道：

「我們來拿約定的東西。」

他們似乎事先就知道房間的位置，說完之後立刻往裏面走去。

壯太郎和近藤老人在美術室的入口等待著，對其中一名盜賊說道：

「你們的確依約前來。孩子帶來了沒？」

這時盜賊回答：

「你不必擔心。孩子現在已經在門外了。但是，你就算去找也找不到。在我們將物品運走之前，無論你們怎麼找都無法找到他。而且如果我們不能安全出去的話，他很危險哦！」

說完之後，三人走入美術室。

這個房間建造得好像倉庫一樣，昏暗的燈泡下好像博物館般的玻璃架圍繞在周圍。

內有許多名貴的刀劍、鎧甲、擺設、匣子、屏風、掛軸等，其中有一個高一·五公尺的長方形玻璃箱，裏面擺著觀音像。

蓮花座上，正坐著好像有半個人高的微黑的觀音。只看到金色的眉毛，臉也是微黑的，穿著打摺衣服。

不愧是名匠之作，那圓滿柔和的臉龐好像帶著笑意似的，即使是壞人看到佛像的姿態，也不得不合十膜拜。

三名盜賊不愧見多識廣，並沒有仔細看佛像柔和的姿態，立刻進行工作。

「不要拖拖拉拉的。動作快一點。」

其中一人攤開一塊稍微有點髒的好像布一樣的東西，另外一位男子抓住一端，捲起裝置佛像的玻璃箱立刻打包。

「慢慢放平。很好。很好。」

旁若無人的叫著，三個人合力將物品運到大門口。

壯太郎和近藤老人一直跟在三人的身邊，直到貨物搬上卡車為止。因為擔心對方只帶走佛像而沒有歸還壯二。

聽到卡車的引擎啟動了，車子似乎正要出發。

「喂，壯二在哪裏，不歸還孩子不會讓你們把車子開走的。如果勉強開走，我們立刻通知警方喔。」

近藤老人拼命叫著。

「不必擔心，看看後面。孩子已經站在玄關前了。」

回頭一看，玄關的燈泡前，有大小兩個黑色人影。

正當壯太郎和老人回頭看的時候，

「再見啦……！」

卡車離開門前，越走越遠。

兩人趕緊趕到玄關的人影邊。

「這兩個人……不是先前就一直待在門口的乞丐父子嗎？我們被騙了。」

門口站的是看起來好像父子的一對乞丐。兩人都穿著破爛的衣服，臉上用手巾蒙著。

「你們為什麼在這裏呢？」

近藤老人詢問時，乞丐父親笑道：

「嘿嘿，這是我和別人的約定啊！」

乞丐父親說了一些莫名其妙的話，然後，像風一般在黑暗中朝著門外奔馳而去。

「爸爸，是我。」

這時小乞丐說著奇怪的話。立刻扯下蒙在臉上的手巾，脫下破爛的衣服，露出熟悉的學生服與白淨的臉。這個小乞丐的確是壯二。

「怎麼打扮得這麼髒呢？」

羽柴緊握著壯二的手問道。

「不知道為什麼。怪盜二十面相那個傢伙讓我穿上這身衣服。先前還用東西塞住我的嘴，因此我無法說話。」

原來那個老乞丐就是怪盜二十面相本人。他喬裝為乞丐，親眼看到佛像到手之後，才依照約定留下壯二。這個傢伙怎麼會想到假扮為乞丐呢?乞丐在他人門口徘徊似乎是理所當然的事情，根本不會令人起疑，怪盜二十面相的心思的確細膩。

壯二總算平安回來了。先前他只是被囚禁在地下室，並沒有遭受虐待，而且對方也給他東西吃。

至此去除了羽柴家的一大擔心事。父母的喜悅當然不在話下，相信讀者們可以想像得到。

然而，化裝為乞丐的怪盜二十面相如風一般離開羽柴家門前，立刻鑽入昏暗的小巷子裏，脫掉乞丐的衣服，露出茶褐色的學者服，頭戴假髮，臉上佈滿皺紋，看起來好像是六十幾歲的隱居者。

他重新喬裝改扮之後，拄著拐杖、駝著背搖搖晃晃的走了出來。即使羽柴家打破約定派追兵前來，恐怕也不知道他就是怪盜二十面相。真是個心思周密的人。

老人走向大街叫了一部計程車，坐上計程車閒逛了二十分鐘之後換搭另外一輛車，這次趕緊趕往真正的藏身處所。

車子停在戶山原（註①）的入口。老人在那裏下車之後朝向廣大的原野走去。盜賊的賊窟似乎就在戶山原。

在原野盡頭的一片杉林中，可以看到一棟古老的洋房。這是一棟已經荒廢、看起來無法住人的建築物。老人在洋房門口咚咚咚敲了三下，不久後又咚咚敲了兩下。

看起來像是與同伴間的暗號。門從裏面打開了。先前搬運佛像的手下之一探出頭來。

老人默默的站在那裏，然後往裏面走去。走廊盡頭是一間寬大的房

註①：現在東京新宿區的地名，當時是陸軍射擊場。

間，看得出來這棟房子過去非常華麗。房間正中央擺著用布包起的佛像玻璃箱，即使沒有燈光照明，還是泛出紅褐色的光芒。

「很好。你們做得很好。這是給你們的獎勵。去玩玩吧。」

說著將幾張十元鈔票（一張相當於現在的二萬日幣）塞給三人。等他們離開房間後，老人緩緩拉下覆蓋玻璃箱的布，站在佛像前方，單手打開玻璃門。

「觀音大士，怪盜二十面相的手法很高明吧！昨天是價值不菲的鑽石，今天則是國寶級的美術品。看來我計畫中的大美術館即將完成了。哈哈哈……。觀音大士，你真的是太精巧了。就好像是活的一樣。」

但是，各位讀者，正當怪盜二十面相說著話時，突然發生了奇蹟。

木造觀音大士的右手突然伸向前方，而且手上拿的並不是蓮花莖，而是一把手槍，正好對準盜賊的胸口。

佛像應該不會動啊！

然而，面前的觀音大士就好像機器人似的開始活動。但是，鎌倉時代的雕像是不可能用機器製造的。為什麼會發生這個奇蹟呢?

被手槍抵住的怪盜二十面相似乎根本沒有時間思考這件事情。他「啊」的大叫了一聲,不斷往後退,同時雙手高舉到肩膀上。

陷阱

即使怪盜也嚇得冷汗直流。如果對方是人,被人用槍抵住他還不會害怕。但是,古老的鎌倉時代的觀音像竟然會動,他當然覺得很驚訝。

與其說是驚訝,還不如說是打從心底感到畏懼。就好像做了惡夢一樣,好像看到妖怪出現似的,產生一種難以言喻的恐懼。

十分大膽的怪盜二十面相臉色蒼白,不斷的後退,好像要祈求原諒似的,手上的蠟燭掉落地面並高舉雙手。

接著,又發生更可怕的事情。觀音大士離開蓮花座站在地面上,而且一直握著手槍,朝向竊賊步步逼近。

「你……你到底是誰？」

怪盜二十面相突然發出呻吟聲。

「我嗎？我是為了拿回羽柴家的鑽石而來的。把它交出來還可以饒你一命。」

令人驚訝的是，佛像竟然說話了。而且是用嚴肅的語氣命令他。

「哈哈哈，原來你是羽柴家的巡邏員啊。假扮成佛像來找我的藏身處所嗎？」

知道對方是人，竊賊稍微恢復元氣。但是，先前的恐懼還沒有完全消失。因為如果說是由人假扮的，裝扮成佛像也未免太小了。

站在地面上看起來好像是十二、三歲孩子的身材。這個小個子的人竟然如此穩重，而且說話的語氣好像老人一般嚴肅，真的有一種讓人難以形容的不適感。

「如果我不交出鑽石呢？」

竊賊戰戰兢兢的說話，好像要探查對方的心意似的問道。

「那麼就把你的命交出來好了。這個手槍，可不是你平常使用的玩具手槍哦！」

觀音大士，原本不知道這位裝扮成隱居者的白髮老人，就是怪盜二十面相喬裝改扮的。但是，從先前他和手下的談話中察覺了這一點。

「這可不是玩具喔，你要不要看看啊？」

說著觀音的右手動了一下，同時聽到「砰」的可怕聲響。房間的玻璃窗掉落，手槍發射出來的子彈射中玻璃窗。

矮小的觀音大士看著散落一地的玻璃碎片，接著立刻將手槍對準怪盜，漆黑的臉露出微笑。

對準盜賊胸口的手槍，槍口還在冒煙。

怪盜二十面相發現這位黑臉小怪人，真是非常大膽。

不知道這個人到底有什麼舉動，也許他真的會開槍。即使能夠躲過子彈，但是這麼大的聲響一定會驚動附近的居民，到時候不知道會發生什麼情況。

「沒辦法。我就把鑽石還給你好了。」

竊賊好像放棄似的說道。說完之後走向房間角落的大桌前，從隱藏在桌角的小抽屜中拿出六顆寶石又走了回來。

當鑽石在盜賊的手中跳動時，透過地板上的燭光，閃耀出如彩虹般的光芒。

「給你吧！你可以檢查一下。」

矮小的觀音大士，伸出左手接過鑽石，用如同老人般嘶啞的聲音笑著說道：

「哈哈哈……，佩服，佩服，不愧是二十面相，真是好眼光。」

「啊，真是遺憾，陰溝裏翻船。」

竊賊懊惱的咬著嘴唇說道：

「你到底是誰？能夠讓怪盜二十面相遭遇如此悲慘下場，我感到很意外。請告訴我你的名字。」

「哈哈哈……承蒙您稱讚，真是光榮之至。我的名字啊？等你坐牢之後再去問警方好了。」

觀音大士說完之後，還是用手槍對準怪盜，接下來，倒退走向房間出口。

他已經發現賊窟且拿回鑽石，只要平安離開這裏，然後通知附近的刑警就可以了。

假扮成觀音的人到底是誰呢？相信各位讀者已經知道了。小林少年挑戰怪盜二十面相獲得大勝利，這當然是非常大的喜悅，而且是一大功勞。

但是，就在他還差二、三步就走出房間時，突然聽到異樣的笑聲。打扮成老人的怪盜二十面相開始放聲大笑。

各位讀者你可不能安心喔！不要忘記他是著名的怪盜，看起來他好像輸了，事實上他一定留有最後的王牌。

「你笑什麼？」

化身為觀音的少年，嚇了一跳而停下腳步問道。

「不、不，我一直以為你是大人。現在我終於明白了，所以笑了起來。」

竊賊笑著回答。

「我終於知道你是誰了。能夠讓我怪盜二十面相吃大虧的人，我認為沒有別人。老實說，先前我一直認為你就是明智小五郎。但是，明智小五郎不可能這麼矮小。你是個孩子，你卻學會明智派的做法。你可能是明智的少年助手小林芳雄。哈哈哈……，怎麼樣，我猜對了吧！」

扮成觀音的小林少年因為竊賊猜出他的身分，當然感到很不高興，但是仔細想想已經達成目的，即使將名字告訴對方也無妨。

「知道我的名字又怎麼樣？沒錯，我就是個孩子。但是，怪盜二十面相，你竟然栽在我這個孩子的手中，不是更有損你的名聲嗎！哈哈哈……。」

小林少年也不服輸的回嘴。

「小孩真是可愛……。你真的已認為贏過我怪盜二十面相了嗎？」

「你當然輸啦！佛像是活的而且會動，你也把鑽石還給我了，難道還不算輸了嗎？」

「可是我沒有輸啊！」

「為什麼沒有輸呢？」

「因為這個緣故！」

聽到這句話的同時，小林少年感覺腳下的地板好像突然消失了。整個人好像掉入空中一般。接下來的瞬間眼前火花飛散，身體某處好像被可怕的力量打到似的產生劇痛。

真是太失察了。這時他腳下的地板，原來是一個陷阱，當竊賊用手指按壓牆壁中的隱藏按鈕時，陷阱的扣環鬆開，小林掉入四方形的地獄口中。

疼得無法動彈、趴在黑暗深處的小林少年，耳中似乎聽到遠處傳來怪盜二十面相的嘲笑聲。

「哈哈哈……，孩子，很痛吧。真是可憐。你在那裏仔細想一想好了。你現在知道你的敵人具有多大的力量了吧。哈哈哈……，想要打敗怪盜二十面相，你還太年輕了。哈哈哈……。」

七種道具

二十分鐘內，小林少年一直待在地底的黑暗深處，好像蜷伏在那裏似的一動也不動。他的腰部受到嚴重撞擊，稍微移動就會非常疼痛。

這段時間內，天花板上方不時傳來怪盜二十面相嘲笑的話語。接下來，打開的洞穴再度被關閉。看來已經無法獲救了，可能成為永久的俘虜。如果盜賊不給他東西吃，又沒有任何人知道他被關在這裏，恐怕就會餓死在這個地下室中了。

年輕的少年，竟然遭遇如此悲慘的命運。一般的少年恐怕會又驚又怕而絕望的哭泣著。

但是，小林少年既沒有哭也不覺得絕望。他甚至不覺得自己已經輸給怪盜二十面相了。

腰痛逐漸減輕後，少年才從喬裝改扮的衣服的肩膀下方，垂掛下來的小背包中找尋東西。

「嗶波，你沒事吧！」

他說著奇怪的話，好像從上方撫摸似的，這時背包裏的小東西正蠕動著。

「嗶波，你沒受傷吧。只要有你在，我一點都不覺得寂寞。」

確認嗶波還活著之後，小林少年在黑暗中卸下肩上的小背包，一面拿出筆型手電筒，藉著小小的燈光撿拾散落在地上的六顆鑽石與手槍，一一塞入小背包中。同時，仔細檢查背包中的東西是否掉落。

背包中有少年偵探的七種道具。昔日武藏坊弁慶這位豪傑將所有的作戰道具都揹在背上，稱為「弁慶的七個道具」。小林少年的「偵探的七個道具」並不是大型武器，而是利用雙手就可以一把抓起的小道具，其作用當然和弁慶的七個道具不同。

首先是筆型手電筒。在夜間進行搜查時燈光格外重要。同時，手電筒也具有信號的作用。

此外，就是小型萬能刀。這個工具裏收藏了鋸子、剪刀與錐子等各種利刃。

同時，還有用堅固的絲繩做成的繩梯。摺疊起來的大小可以放在手掌裏。此外還有筆型望遠鏡、手錶、磁石、小型筆記本和鉛筆，以及先前用來恐嚇盜賊的小型手槍等。

除此之外，不要忘記還有嗶波。用手電筒一照，喔，原來是一隻鴿子。可愛的鴿子縮著身子，乖乖的待在小背包的一角。

「嗶波，雖然有點擠，但是你要忍耐一點。被可怕的叔叔發現就糟糕了。」

小林少年說著撫摸鴿子的頭，鴿子嗶波似乎了解主人的話似的，咕咕的叫著回答。嗶波是少年偵探的吉祥物，他認為只要和吉祥物在一起

，無論遇到任何危險都可以化險為夷。

不僅如此，這隻鴿子除了具有吉祥物的作用之外，還有其他重要作用。偵探工作的通訊非常重要。警方的警車上備有收音機等通訊設備，私家偵探就沒有這麼好的設備了。

偵探只要擁有可以隱藏在衣服裏的小型無線電發信器，就算很好的了。因為沒有這項設備，小林少年只好想到飛鴿傳書這個有趣的手段。的確像個孩子的做法。但是，這種做法產生的效果有時連大人都會感到很驚訝。

「我的背包裏有我的收音機和飛機喔！」

小林少年自言自語的說著，原來傳書的飛鴿是收音機也是飛機。

檢查過七種道具之後，他將背包再度藏入衣服裏。接著用手電筒檢查整個地下室。

地下室大約有十個榻榻米大小，四邊都是水泥牆，過去可能是間庫房。應該有樓梯吧？先找找看，結果發現大型木梯就掛在房間一邊的天花板上。賊人不僅堵住出入口，甚至連樓梯都拉了上去，的確是謹慎的做法。這麼一來根本無法從地下室逃走。

房間的角落有一張壞掉的長椅，上面有一條舊毛毯，此外沒有任何道具，就好像監牢一樣。

小林少年看著長椅，突然想起——

「羽柴壯二，一定是被囚禁在這個地下室。並且躺在這張長椅上睡覺。」

想到此處，他突然覺得有一種很懷念的感覺。他接近長椅，重新鋪好毛毯。

「看來我也必須在這張床上睡覺了！」

大膽的少年偵探，說完之後就躺在長椅上。

有什麼事情等到天亮後再說吧。在此之前必須儲備活力才行。這的確是很有道理的做法。但是，遇到這種可怕的遭遇，還能如此悠閒的睡覺，一般的少年恐怕辦不到吧。

「嗶波，我要睡囉，希望能做個美夢。」

小林少年小心翼翼的捧著裝著嗶波的背包，在黑暗中閉上眼睛。不久後就聽到長椅上傳來少年安詳的酣聲。

飛鴿傳書

小林少年睜開眼睛時，發現房間和平時睡覺的偵探事務所的寢室不同，因此嚇了一跳，不過立刻又想起前一天晚上發生的事情。

「對喔，我被監禁在地下室裏。可是，地下室為什麼這麼亮呢？」

煞風景的水泥牆和地板看起來微亮，地下室應該是陽光照不到的地方啊？看看周圍，發現昨晚沒有察覺天花板上有一個小窗。

這個小窗非常小，大約只有三十公分四方，而且以鐵條封住，從地下室的地面計算，大約在三公尺的高度，從外面看起來，應該是在地面的位置。

「也許能夠從這個窗子逃走。」

小林趕緊從長椅上站起來走向窗下，抬頭看著明亮的天空。窗子上雖然有玻璃，但是，只要將玻璃窗打破而大聲叫喊，從外面通過的人應該可以聽到。

因此，他將先前睡覺用的長椅移到窗下當成踏台，不斷往上搆，但是還是無法到達窗戶。光靠孩子的力量，根本無法將沉重的長椅直立起來，此外，也找不到其他可以當成踏台的道具。

小林雖然發現了窗子，但是只能朝外看卻無法逃走。不過，各位讀者不用擔心。還記得先前介紹的道具之一的繩梯嗎？少年偵探的七項道具總算能夠發揮作用了。

他取出繩梯，拉開後用力往上拋，試圖將繩梯上的鉤子勾在窗子的鐵條上。

失敗了三、四次之後，終於勾上了。

繩梯的構造很簡單。只是一條長約五公尺的繩子，每隔二十公分綁

上一顆大珠子，只要用腳趾勾住珠子，就可以往上攀爬。

雖說小林的臂力比不上大人，但是，操作這些道具他卻不輸給任何人。他終於爬上繩梯，而且順利抓住窗戶上的鐵條。

可是，檢查之後他非常失望，因為鐵條深深的崁在水泥中，即使使用萬能刀也無法破壞鐵條。

那麼，隔著窗戶大聲呼救應該也可以。但是，這個辦法似乎也行不通。因為窗外是長滿雜草的庭院，遠處有矮籬，矮籬外則是一個沒有道路的大廣場。雖然可以等待孩子到這個廣場來玩，但是即使呼救，聲音恐怕也無法傳到那裏。

而且如果發出大的呼救聲，恐怕廣場上的人還沒有聽到時，怪盜二十面相就已經聽到了。不行，這樣做太危險了。

小林少年真的非常失望。但是，失望之餘卻有一大收穫。那就是，先前不知道這座建築物到底在哪裏，但是，現在從窗戶往外看已經知道自己的位置了。

各位讀者請想想，為什麼只看窗外就可以知道位置了呢?當然是因為小林太幸運了。

因為在窗外廣場的那一端，矗立著一棟只有東京才有的象徵性建築物。或許東京的讀者，知道戶山原有一座陸軍射擊場的建築物。小林看到這座水泥建築的大型建築物，當然是一個很好的地標。

少年偵探牢記這個建築物和盜賊住家的關係，然後爬下繩梯。接著打開背包拿出筆記本、鉛筆和指南針，一邊確認方向，一邊畫地圖。他知道這個建築物應該是在戶山原西北邊的一個地方，七個道具中的指南針的確發揮了作用。

接著看看手錶，早上六點剛過。上面的房間靜悄悄的，怪盜二十面相可能已經睡著了。

「真遺憾，好不容易找到怪盜二十面相的藏身處。雖然知道這個地方卻無法逮捕竊賊。」

小林少年握緊拳頭，懊惱的說著。

「如果我的身體可以像童話中的小仙女一樣變小，張開翅膀從窗戶往外飛去就好了。到時候，我就可以通知警察局的人來逮捕怪盜二十面相了。」

小林好像做夢似的幻想著，同時嘆著氣。但是，因為這個幻想卻突然想到一個好方法。

「啊，我真笨！這樣就可以辦到啦！我不是有嗶波這架飛機嗎！」

想到這裏時，他感到非常高興，滿臉通紅且心跳加快。

小林用興奮、顫抖的手在筆記本上畫出賊窟的位置，同時畫出囚禁自己的地下室位置圖，完成後撕下畫好的紙摺疊成小塊。

接下來從背包中抓出傳信鴿嗶波，將處理好的地圖塞入綁在鴿子腳上的傳信筒中，同時蓋緊蓋子。

「嗶波，終於輪到你立功了。你要加油哦！可不要貪吃路邊的草。從這個窗戶飛出去，趕緊飛到夫人那裏。」

嗶波停在小林少年的手背上，不停的眨著可愛的眼睛仔細聆聽，瞭解主人的命令之後，牠鼓起翅膀，在地下室打轉二、三圈，然後朝窗外飛去。

「啊，太棒了。如果順利的話，嗶波就會飛到明智先生的阿姨那裏去。阿姨看到我的信一定會嚇一跳，同時一定會立刻打電話到警政署，這麼一來警察就會來這裏。大概需要三、四十分鐘吧？嗯，再久一點，大約一小時後竊賊就會被抓住，我也能離開這個洞穴了。」

小林少年，看著嗶波在空中消失，心中不斷思考接下來會發生的情形。可能因為過於專注了，因此，不知道天花板的蓋子什麼時候被打開了。

「小林，你在那裏做什麼？」

怪盜二十面相的聲音，如同雷聲般傳入少年的耳中。

抬頭往上一看，從天花板的四方形洞中，可以看到依然維持昨天的打扮、頭戴假髮的竊賊正探出頭來。

哎呀，難道他看到嗶波飛走了嗎？

小林的臉色不禁大變的看著竊賊。

奇妙的交易

「少年偵探，怎麼樣，昨晚睡得好嗎?哈哈哈……，咦，窗上怎麼掛著一條黑色的繩子?喔，原來你已經準備好繩梯了啊。佩服，佩服。你真是一個思慮周密的孩子。但是，那些鐵條靠你的力量恐怕無法鬆開喔。只能站在那裏瞪著窗口，根本逃不出去，真是可憐哪!」

竊賊笑著說道。

「喔，早安。我不是想逃走，我在這裏覺得很舒服。我很喜歡這個房間。打算在這裏停留一陣子。」

小林少年也不服輸。擔心先前的傳信鴿是否被盜賊發現，因此，心跳加快、呼吸急促。但是，聽怪盜二十面相說話的口氣，顯然他並沒有

發現，因此感到很安心。

如果嗶波能夠平安到達偵探事務所就沒問題了。即使怪盜二十面相再怎麼嘲笑自己都無妨。最後的勝利還是在我的手中。

「待在這裏很舒服嗎？哈哈哈……，我越來越佩服你了。不愧是明智的左右手，真是豪氣干雲。但是，小林，你難道不會感到稍微擔心嗎？我想你的肚子應該餓了吧，難道餓死也無妨嗎？」

到底在說什麼啊？現在警方一定已經接到嗶波的通知而趕過來了。小林一語不發，在心中盤算著。

「哈哈哈……，你是不是感覺有點頹喪啊？我告訴你一個好方法，你只要付代價就可以吃到美味的早餐。不，不，我不要錢。用餐的代價是你的手槍。你只要乖乖的將手槍交出來，我就吩咐廚師趕緊準備早飯過來。」

竊賊大言不慚的說著，看來他還是很討厭手槍。想用早餐來交換手槍，的確是很好的主意。

小林少年相信自己會獲救，即使不吃東西也無妨，但是，表現得太過於若無其事會令對方猜疑，反正現在也用不著手槍了。

「雖然我覺得很可惜，但是，我答應你的要求。我的肚子真的很餓了。」

他故意很懊惱的回答著。

竊賊不知道他在演戲，覺得自己的計劃成功了，因此感到很得意。

「嘿嘿嘿……，就算是少年偵探也無法抵擋飢餓。很好，我現在就送飯下來。」

說著消失在洞孔。接下來，天花板上方隱約傳來他命令廚師準備早餐的聲音。

早餐備妥之後，怪盜二十面相的臉孔再次出現在洞口，那已經是二十分鐘以後的事情了。

「我拿了熱騰騰的飯來了哦，你先把代價給我。將手槍擺在這個籃子裏。」

說著用繩子綁著的小籃子落了下來。小林少年依照吩咐將手槍擺在籃子裏，籃子立刻被拉起。籃子再度落下來時，裏面擺著冒著熱氣的三個握壽司、火腿、雞蛋，以及裝茶的瓶子。對於俘虜而言，這已經算是美味大餐了。

「你慢慢的吃吧。只要你付出代價，我會讓你享受美食。午餐我要你交出鑽石。那是我好不容易得到的東西，雖然我很同情你，但是我要你一顆、一顆交給我。即使你可能覺得遺憾，恐怕也擋不住飢餓吧。也就是說，你一定要將這些鑽石還給我，一顆、一顆的交出來。哈哈哈……。當飯店老闆也不錯喔！」

怪盜二十面相因為這個奇妙的交易而覺得非常愉快。但是，他說得這麼輕鬆，真的能夠取回鑽石嗎？

也許不久之後他自己就會變成俘虜了呢！

小林少年的勝利

怪盜二十面相蹲在活板門邊，把玩著先前才獲得的手槍，他感到非常得意。正在想應該如何嘲笑小林少年。

就在這個時候，聽到趴踏趴踏從二樓下來的腳步聲。面露恐懼神情的廚師出現了。

「糟糕了……，有三輛汽車，上面坐著警察……。從二樓的窗戶看去，他們已經到了門外……。快逃吧！」

原來嗶波真的已經完成使命。而且警察到達的時間比小林預估的還快。在地下室聽到吵鬧聲的少年偵探，高興的跳了起來。

這的確是出乎意料的事情，怪盜二十面相也嚇了一大跳。

「什麼？」

他呻吟的站了起來。忘記關上活板門，立刻跑到門口。

但是，這時已經來不及了，門外響起雜沓的腳步聲。透過設在門上

的窺視孔往外看，看到外面有一群穿著警察制服的人。

「畜牲！」

怪盜二十面相氣得發抖，接著往後門跑。但是，跑到一半時，聽到後門也響起巨大的敲門聲，看來賊窟已經被警方團團包圍了。

「不行，無法逃走了。」

廚師發出絕望的哀嚎。

「沒辦法，到二樓去吧。」

怪盜二十面相打算躲在二樓的閣樓裏。

「不行啦，立刻就會被發現。」

廚師好像哭泣似的大叫著。

但是盜賊卻不在意，他抓起廚師的手好像爬行似的，朝著閣樓的樓梯往上爬。

兩人離開後不久，大門上發出巨大的聲響，幾名警察把門撞開而跑進屋內。同時後門也被撞開，同樣也有幾名穿著制服的警察衝進來。

指揮官是有「警政署之鬼」稱譽的中村搜查組長。這位組長命令部分警察守在重要據點，其他所有人員仔細搜索整個房子。

「啊，這裏。這裏是地下室。」

一位警察在活板門上方大叫著。立刻有人跑過來，蹲下來看著微暗的地下室，這時其中一人看到小林少年。

「在那兒，在那兒。你是小林嗎？」

大聲叫著。等在那裏的少年說道：

「是啊，快把梯子放下來。」

所有人員仔細搜索屋內的各個房間，但是沒有發現竊賊。

「小林，你知道怪盜二十面相到哪裏去了嗎？」

好不容易從地下室爬起來時，中村組長抓著裝扮怪異的少年，慌張的問道。

「先前他還待在這個活板門旁，應該不可能逃到外面去。可能在二樓吧！」

正當小林少年說話時，二樓傳來大叫聲。

「快來，快來，抓到竊賊了。」

說著眾人蜂擁而入走廊深處的樓梯。雜沓的腳步聲往樓梯上移動。閣樓裏只有一個小窗子，就好像傍晚一樣四周微暗。

「在這裏！快來人哪！」

在微暗中，一位警察抓住一位白髮、白鬍鬚的老人大叫著。老人似乎也不是弱者，依然不斷的掙扎抵抗，二人糾纏在一起。

先前的二、三人也加入抓住老人，接下來又來了五、六個人幫忙。如此一來，再怎麼兇惡的竊賊都無法抵抗了。老人的雙手被反綁著。

白髮老人垂頭喪氣的窩在房間的角落時，中村組長帶著小林少年過來驗明正身。

「這個傢伙一定是怪盜二十面相。」

組長詢問時，少年點頭說道：

「是啊，就是這個傢伙。他喬裝改扮成這個老人。」

「你們把這個傢伙抓上汽車，不要讓他逃走了哦！」

組長命令著。警察們則帶著老人走下樓梯。

「小林，你立了大功。明智先生從國外回來時一定會很驚訝。對方是大人物怪盜二十面相耶。到了明天你一定聞名全國。」

中村組長感謝的緊緊握著少年名偵探之手。

在這場戰爭中，小林少年獲勝了。他們一開始就沒有交出佛像，而六顆鑽石還塞在他的背包裏。這真是一場大勝利。竊賊費盡苦心卻沒有得到任何東西，被監禁的小林少年獲救了，竊賊卻變成了俘虜。

「我覺得好像做夢一樣，我竟然戰勝了怪盜二十面相。」

小林的臉因為興奮而顯得蒼白，他難以置信的說著。

但是，就在逮捕竊賊的喜悅中，少年偵探似乎忘記了一件事情，也就是和怪盜二十面相在一起的廚師。那名廚師竟然消失得無影無蹤，根本沒有發現他的蹤跡。這的確是一件不可思議的事情。

根本不可能逃走吧！如果廚師可以逃走，怪盜二十面相也可以逃走

啊。這麼說來，他應該還躲在屋內。但這是不可能的事情，這麼多警察仔細搜索，屋內根本沒有地方可躲。

讀者們請先放下書本仔細想一想，廚師莫名奇妙失蹤了，這到底隱藏什麼意義呢？

可怕的挑戰書

在戶山原廢棄屋內逮捕的犯人，二小時之後，被帶往警政署陰暗的調查室，進行怪盜二十面相的審訊。這個房間裏沒有任何裝飾品，微暗的房間中擺著一張桌子，中村組長和喬裝改扮為老人的怪盜，面對面站在桌前。

竊賊的雙手被反綁著，旁若無人的站在那裏。從先前開始就不發一語。

「讓我看看你的真面目吧！」

組長來到竊賊的身邊，扯下他的白色假髮後露出滿頭黑髮，接著拔掉臉上所有的假鬍子，終於可以看清竊賊的真面目了。

「沒想到這麼醜啊！」

組長說著看著竊賊奇怪的臉龐。竊賊的額頭很窄，短眉長得參差不齊，下方是發亮、像栗子般的塌鼻子，微微張開的厚嘴唇讓人感覺一點也不聰明，就好像野蠻人一樣。

先前介紹過，怪盜二十面相有各種不同的面貌，有時候是老人、有時候是青年，甚至化裝為女人。一般社會大眾，甚至警方也不知道他的實際長相。

難道他真的長得這麼難看嗎？也許這個野蠻人的臉龐，也是喬裝改扮的。

中村組長覺得有點奇怪。他瞪著竊賊的臉，突然大叫著：

「這是你真正的臉嗎？」

不斷詢問著。但是，馬上又覺得自己的問題很愚蠢。

然而，眼前這位怪盜卻一直沈默不語，只是咧嘴笑著。

看到這種情形時，中村組長覺得毛骨悚然。感覺眼前即將發生一件難以想像的奇怪事情。

組長想要消除自己的恐懼心，因此靠近對方，舉起雙手毆打對方的臉。拉扯他的眉毛、鼻子，扯他的臉頰，好像把他當成玩具似的。

但是無論如何檢查，竊賊並不是喬裝改扮的。能夠裝扮成美青年羽柴壯一的竊賊怎麼可能有這麼醜陋的一張臉呢？他感到有點意外。

「嘿嘿嘿……，好癢喔，不要這樣嘛，好癢啊！」

竊賊終於發出聲音了。但是卻說出很奇怪的話，連他說話的方式都好像在嘲笑警察一樣。難道……。

組長嚇了一跳，再度看著竊賊。腦海中突然閃過一個念頭，難道真的發生這種事情嗎？雖然這只是幻想，應該是完全不可能的事情，但是組長認為一定要確認才行。

「你到底是誰？你說，你到底是誰？」

又提出奇怪的問題。

竊賊好像等待這個問題似的，回答道：

「我是木下虎吉。我是廚師。」

「你騙人！想用這麼愚蠢的說法騙我是行不通的。說實話！你不就是著名的大盜賊怪盜二十面相嗎？別說假話！」

組長大吼大叫的逼問對方。竊賊卻笑著說道：

「嘿嘿，我怎麼可能是怪盜二十面相呢！哈哈哈……，怪盜二十面相怎麼可能是這麼醜的男人呢！你們這些警察真沒眼光。什麼事都不了解。」

中村組長聽到之後臉色大變。

「住口，別再說蠢話了。你就是怪盜二十面相，小林少年已經證明你的身分。」

「哈哈哈……，他弄錯了，真可笑。我根本沒有做什麼壞事，我只是一位廚師。我也不知道什麼怪盜二十面相，我是十天前才到那個家庭

工作的廚師虎吉。你只要問我的父親就知道啦。」

「哦，廚師為什麼要喬裝改扮為老人的模樣呢？」

「那是主人硬逼我的，他要我穿上這個衣服並戴上假髮。事實上，我也不知道了為什麼。當警察趕來的時候，主人抓著我的手把我帶到閣樓去。

閣樓上有一個架子，上頭擺著許多喬裝改扮的衣服。他從裏面抓出警察的衣服和帽子，自己趕緊打扮之後，就將先前穿著的老人衣服讓我穿上，同時大叫著『抓到賊了』，然後吩咐我不要動彈。也就是說，他假扮成你的手下發現了怪盜二十面相而不斷大叫著，他真會演戲。因為閣樓比較暗，所以你們根本看不清楚他的臉。我則待在那裏根本什麼事也不能做，我的主人真是太厲害了！」

中村組長鐵青著臉，默默不語的用力按桌上的鈴。當警察探出頭的時候，他立刻吩咐手下，從包圍戶山原廢棄屋的刑警中，找出負責看守正門與後門的四名警察。

四名警察終於過來了。組長以可怕的神情瞪著他們。

「逮捕這個傢伙時，有沒有穿著警察服裝的人離開你們看守的門？有人發現嗎？」

這時一名警察回答：

「提到警察，的確有一個人。聽到抓住竊賊時，我們趕緊往二樓跑，但是他卻朝相反的方向往外跑去。」

「為什麼先前你都沒有報告呢？難道你沒有看到他的長相嗎？即使穿著警察制服，只要看他的長相就知道到底是不是假扮的警察啊！」

組長的額頭爆出青筋。

「沒空看他長什麼樣子，他跑得很快。不過，我覺得有點奇怪，因此問他，你到哪裏去。他回答，組長吩咐打電話，他說要去打電話。邊跑邊叫著。

既然是要打電話，以往也有這種例子，因此我就沒有再問他了。既然已經抓到竊賊，因此，我就忘記先前跑走的那位警察的事情，忘了向您報告。」

屬下的回答的確無可厚非。不過，竊賊的計劃的確非常周詳，真是令人驚訝。

現在也沒有什麼好得意的了。眼前這位好像野蠻人、長得一張醜臉的男子，並不是怪盜，只不過是一名廚師而已，為了逮捕這名廚師，大費周章的動員了十多名警察。組長和四名警察了解實情後，感到非常驚訝，只能互相看著對方。

「喔，對了，警官。我的主人寫了這封信要我交給你。」

廚師虎吉，從胸前掏出縐成一團的紙張交給組長。

中村組長打開紙團，攤平之後立刻看了一下。看過之後組長的臉色氣得發紫。

內容如下。

請告訴小林，他真的是很棒的孩子，我真的很喜歡他。但是，我不能為了可愛的小林而犧牲我自己。雖然我很同情那個孩子，但是他應該受到一些教訓。請告訴他，不要再用他那貧乏的伎倆與我怪盜二十面相為敵，否則不知道會發生什麼後果。此外，我還要把我的計劃稍微洩漏給各位警察知道。我有點同情羽柴，不想再理會他了。老實說，那貧乏的美術室並不是我執著的目標物。我很忙，事實上，我接下來還想得到更大的東西。到底是什麼大事業呢？近日諸君應該就會有所耳聞了。到時候再見吧！

怪盜二十面相　謹上

中村善四郎

各位讀者，事實上怪盜二十面相和小林少年的戰爭，結果是怪盜獲勝了。而且怪盜二十面相嘲笑羽柴家的寶庫太貧乏，他想要進行更大的

事業。他所說的大事業到底是什麼意思呢?這次可能連小林少年也無法制止他,只能等待明智小五郎歸國。相信為時不遠了。

啊,名偵探明智小五郎與怪盜二十面相的對立,互相鬥智的場面令人期待。

美術城

距離伊豆半島修善寺溫泉四公里的南方,沿著下田街道的山中有一個貧窮的村落,名叫谷口村。在這個村落盡頭的森林中,有一座好像城堡般的建築物。

周圍是高聳的土牆,土牆上方插著尖尖的鐵棒,好像針山似的,土牆內側有寬四公尺的深溝圍繞,溝中流水潺潺。這些都是為了防止外人侵入而精心設計的。外人即使能夠爬過針山土牆,接下來還有無法越過的壕溝。

正中央有一座好像天守閣的建築物，整體而言是由厚厚的白牆建造而成，上頭有小窗子，好像是由一些倉庫聚集而成的大型建築物。

附近的人，將這個建築物稱為「日下部之城」，當然這並非真正的城，因為在這種小村落是不可能有城堡的。

如此精密建造的堅固建築物，到底是誰居住在裏面呢？如果是在沒有刑警的戰國時代就不得而知了，但是，現在即使再怎麼富有的人，也不可能處心積慮的住在這種宅邸中。

「到底是誰住在裏面呢？」

每當有旅人詢問時，村人一定會回答：

「那個啊，就是日下部家主人的城堡。他害怕寶物被偷走而斷絕與村人交往。」

日下部家祖先代代都是大地主，到了左門氏這一代，廣大的土地全都讓給他人，只剩下城堡宅邸以及藏在其中的古董名畫。

左門老人是一位瘋狂的美術收集家。所謂美術是指古代的名畫，像

雪舟或探幽等連小學課本中都看過的名畫。自古以來的名人作品幾乎全都收集到了。他擁有的好幾百幅名畫，全都是堪稱國寶的傑作，而且價格不菲。

因此，日下部家的住宅像城堡一般堅固的理由就在於此。左門老人將名畫視為比生命更重要。甚至擔心被竊賊偷走而擔心得睡不著。

即使挖掘壕溝或在圍牆上插鐵針，但還是無法感到安心。只要看到停下來訪問的人，就擔心對方是否想前來偷盜名畫。因此，即使是純樸的村民，左門老人也不願意和他們交往。

左門老人整年獨自窩在城中，仔細看著收集的名畫而絕少外出。他執著於美術品的收藏，因此沒有娶妻生子，過著好像名畫，守衛般的生活，直到現在已經六十多歲了。

老人可說是美術城的奇妙城主。

今天老人也同樣待在建築物的一個房間裏，仔細看著古今名畫，好像做夢般坐在那裏。

雖然戶外的陽光可以稍微透進屋內，但是，為了安全起見，連小窗上都裝上鐵條的室內，顯得好像監獄般有點昏暗。

「老爺，請開門，有您的信。」

屋外傳來另一位老人的聲音。在這個廣大的住宅中，只有這位老人和他的妻子在這裏為僕。

「信？真是少見啊。拿來吧！」

老人回答之後打開重重的板門。和主人同樣蒼老的管家拿了一封信進來。

左門老人看看信，並沒有寄信人的名字。

「這是誰寄來的啊？沒看過這封信耶……。」

署名的確是給日下部左門。於是他拆開信看了一下。

「耶，老爺，怎麼了？是不是有什麼令人擔心的事情？」

管家不禁發出叫聲。因為左門老人看過信之後相貌完全改變了。他那沒有留鬍子的乾癟的臉，似乎完全失去顏色，變成一片蒼白，而且牙

齒不斷打顫，老花眼鏡後方的小眼睛露出不安的光芒。

「不，不，沒什麼。你不知道。你到那裏去。」

主人用顫抖的聲音好像責罵似的說著，急忙趕走管家。雖然口中說沒什麼，但是左門老人卻緊張的快要昏倒了。

他收到的書信內容如下：

沒有經人介紹就突然唐突的寫信給你，真是不好意思。但是，即使沒有經人介紹，我想只要看報紙你也知道我是誰。

事情很簡單，我決定收藏貴府秘藏的所有古畫。並且決定在十一月十五日夜晚前來拜訪。

為了害怕突然前來會嚇著您老人家，因此事先以書信通知。

怪盜二十面相

日下部左門先生

怪盜二十面相終於注意到伊豆山莊的美術收藏家。他化裝為警察逃離戶山原的藏身處已經一個月了。在這段期間內，怪盜在什麼地方、做什麼事情沒有任何人知道。可能去找新的藏身處並且聚集手下，以便進行第二、第三波可怕的陰謀。首先，他的目標就訂在出人意料的深山中的日下部家美術城。

「十一月十五日夜晚？啊，就是今夜！我該怎麼辦才好？一旦被怪盜二十面相盯上，我的寶物就好像都沒有了。他不就正是連警方都無法對付的盜賊嗎！這件事情不能交給警方處理。

啊！我的一切都毀滅了。如果寶物被奪走，我還是死了算了。」

左門老人站了起來，好像無法靜下來似的，在房間裏來回踱步。

「啊！這是天註定的，無法逃脫了。」

老人蒼白的臉上開始流下淚水。

「咦，那上面寫什麼啊……？啊、啊，我想起來了，我想起來了！先前怎麼都沒有察覺呢……。

……神啊，你還沒有放棄我吧！只要有那個人，也許我就能得到救助。」

好像想起什麼似的，老人的臉上再度恢復生氣。

「作藏、作藏在不在？」

老人走出外，不斷拍手召喚管家。

聽到主人的叫喚，管家跑了過來。

「趕緊將『伊豆日報』拿來。好像是前天的新聞吧。把三、四天份的報紙全都拿過來。快點、快點。」

老人著急的下達命令。作藏趕緊跑去拿地方新聞『伊豆日報』。主人拿到報紙後，一頁一頁的看著社會版，終於在前天十三日的報紙上看到以下的報導：

明智小五郎先生造訪修善寺

堪稱民間第一偵探的明智小五郎先生原本在外國出差，目前已經成功完成使命歸國。為了一掃旅途的勞頓，本日投宿於修善寺溫泉富士屋旅館，預定停留四、五天。

「就是這個。就是這個。能夠和怪盜二十面相匹敵的人只有明智偵探。羽柴家的竊盜事件連他的助手小林都能發揮這麼大的作用。這位明智先生一定能夠解救即將滅亡的我。無論發生什麼事情，一定要找這位名偵探。」

老人好像自言自語的說著。同時，叫來作藏的妻子為他換衣服，關上寶物房沉重的板門，小心的上鎖，命令兩位僕人在門前守衛，自己則離開了住宅。

當然，他要前往附近的修善寺溫泉富士屋旅館。他想到那裏去見明智偵探，要求他保護寶物。

等待多時的名偵探明智小五郎終於回來了。而且正在這個時候、正好就在這個地方，真是太巧了。即使怪盜二十面相侵入日下部美術城的時刻已經來臨，對於左門老人而言，這實在是莫大的幸運。

名偵探明智小五郎

穿著黑色外套、身材矮小的左門老人，步履蹣跚的爬上長坡道，到達富士屋旅館時已經是下午一點了。

「明智小五郎先生在嗎？」

這麼詢問時，有人回答他到後面的溪谷釣魚去了。因此，拜託旅館的女服務員帶路前往溪谷。

通過荊棘遍佈的危險道路，到達深的溪谷間時，聽到美妙流水潺潺的聲音。

在流水經過處，看到宛如飛石般大的岩石。在最大的一個平坦岩石上，看到一名穿著棉袍的男子，正彎腰駝背的垂釣著。

「那就是明智先生。」

女服務員先行一步穿過大小岩石，到達男子身邊說道：

「先生，這個人想見你，聽說他是遠道而來的。」

聽到叫喚聲時，穿著棉袍的男子，似乎覺得很厭煩似的，朝這邊揮揮手。

「不要大聲說話。否則魚會逃走。」

輕輕叫著。

頭髮散亂、眼光銳利，看起來稍微蒼白的臉龐配上高高的鼻子，沒有留鬍子與強而有力的嘴角，的確是照片上的明智名偵探。

「這是我的名片。」

左門老人遞上自己的名片。

「我有事情想要拜託你。」

他微微鞠躬的說。

明智偵探接過名片，但是看也沒看，好像覺得很煩似的。

「喔，是嗎，有什麼事呢？」

一直看著自己的釣竿說著。

老人吩咐女服務生先回去，看著明智的背影說道：

「先生，老實說我今天接到這封信。」

說著從懷中掏出怪盜二十面相的通知信，拿到只看著釣竿的偵探面前。

「哎呀，又逃走了……。真是糟糕，這樣很妨礙我釣魚。信嗎？這封信和我有什麼關係呢？」

明智很不高興的說著。

「先生難道不知道那個叫做怪盜二十面相的賊嗎？」

左門老人似乎有點不高興的說著。

「喔，怪盜二十面相嗎？這是怪盜二十面相寫給你的信嗎？」

名偵探似乎一點也不驚訝，繼續看著釣竿。

老人沒辦法，只好自己開始唸怪盜的通知信，詳細說明日下部家的「城堡」藏著什麼寶物。

「哦，你就是那個奇妙的城堡主人啊！」

明智似乎有點感興趣了，轉過頭來看著老人。

「是的。那些古代名畫比我的生命還重要。明智先生，請你幫助我這個老人吧。」

「喔，我能幫你什麼忙呢？」

「請您立刻到我家守住我的寶物吧！」

「叫警方處理這件事情就好了。告訴我之前應該先去找警方啊！」

「不，真對不起。我認為與其拜託警方，還不如拜託您。我相信能和怪盜二十面相挑戰的，除了您之外別無他人。

您也曉得，警察分局必須花費很多時間才能叫高明的刑警到這裏來。然而，怪盜二十面相今晚就要到我那裏去了。沒有這麼多時間。

正好今天您到這個溫泉來，就好像神的安排一樣。先生，我的一生

就拜託您了。請您務必幫助我。」

左門老人不斷的要求著。

「嗯，既然你這麼說我就答應好了。畢竟怪盜二十面相也是我的敵人。我早就在等他早一點出現了。我們一起回去吧。在此之前一定要先照會警方才行。回到旅館後再由我打電話。為了預防萬一，最好拜託二、三名刑警支援。到時候你先回去，我則和警察一起趕過去。」

明智的語氣突然變成充滿熱情，再也不看釣竿了。

「謝謝，謝謝。這麼一來我就等於有了百萬同志。」

老人似乎感到安心似的，一再道謝。

不安的一夜

日下部左門老人乘車離開修善寺，回到谷口村的「城堡」，三十分鐘後，明智小五郎一行人也到了。

一行人中除了穿著黑色服裝的明智偵探之外，還有另外三名穿著合身西裝的紳士，全都是警察分局的刑事警察，他們各自遞出印有頭銜的名片，並向左門老人打招呼。

老人立刻將四人帶到裏面收藏名畫的房間裏，說明掛在牆上的掛軸以及收藏在箱子或架子上的許多國寶級傑作，同時說明它們的由來。

「這些真是令人驚訝的收藏。我也非常喜歡古畫。有空時也經常前往博物館或寺院觀賞寶物。不過，我從來沒有見過收藏在這個房間裏的歷史傑作。

喜歡美術的怪盜二十面相當然會盯上這些古物。我也覺得垂涎三尺呢！」

明智偵探讚嘆之餘，對於每一幅名畫加以評論，說得頭頭是道，不禁令此道的專家左門老人也感到很驚訝。對於名偵探深表尊敬。

數人趕緊一起吃完晚餐後，做好守護名畫的部署工作。

明智偵探果斷的調派三名刑警，其中一人待在名畫室中、一人守在大門、另外一人則守在後門，眾人同時徹夜守候，發現可疑人士就立刻吹哨子警告。

刑警們各自就位之後，明智偵探關上名畫室厚重的板門，並且由主人上鎖。

「我會一整晚待在這個門前的。」

名偵探說著，坐在板門前的走廊上。

「先生，真的不要緊嗎？也許我這麼說有點不禮貌，但是，對方就好像會變魔術一樣。我真的覺得很不安心耶。」

老人看著明智的臉說著。

「哈哈哈……，你不必擔心。我剛才已經充分檢查過了。房間內的窗戶用牢固的鐵條保護著，而且牆壁厚達三十公分，根本無法敲破。同時，房間內有刑警們看守，只有這個出入口由我自己守衛。這是非常謹慎的安排。

你安心吧。可以去睡一覺。待在這裏也沒有用啊！」

雖然明智這麼建議，但是老人不答應。

「我也要在這裏熬夜守候。就算躺在床上我也睡不著。」

說著就在偵探身旁坐了下來。

「既然這樣，那好吧。這樣我也有一個聊天的對象。我們可以來討論繪畫呀！」

畢竟是身經百戰的名偵探，態度非常平靜。

兩人採取輕鬆的姿勢坐下，開始聊起古代名畫。但是，只有明智說話，老人似乎情緒不安似的，根本無法好好的回答。

左門覺得時間好像過了一年那麼長，總算到了十二點。

明智不時隔著板門與屋內的刑警打招呼，每次對方都以堅決的口吻回答沒有任何異狀。

「喔，我真的有點想睡了。」

明智打了呵欠。

「怪盜二十面相這個傢伙今天晚上可能不會來了。在嚴密的警戒中他不可能跑來……。老人家，你要不要抽一根煙啊，可以去除睡意喔。這是從國外取得的奢侈品呢！」

明智打開煙盒，拿出一根煙遞到老人的面前。

「是嗎？今晚不會來了嗎？」

左門老人手上拿著埃及煙，還是感覺不安。

「請安心吧。他絕對不是笨蛋。知道我努力在這裏看守，他應該不會來的。」

不久之後兩個人各自想著心事，同時抽著美味的煙。等到煙全部化為灰燼時，明智打個呵欠說道：

「我有點想睡了。你也睡吧！應該沒問題。練武的人會因為一點聲響而驚醒。我也因為職業的關係，任何聲響都會使我清醒，我不會真的睡著的。」

說著躺在板門前閉上眼睛。不久之後就聽到他的輕微鼾聲。

但是，老人無法像偵探這麼輕鬆。他真的非常擔心，不僅睡不著，反而豎起耳朵，努力傾聽是否有任何聲響。

感覺好像聽到奇怪的聲音，到底是耳鳴還是附近森林刮起的風聲。

平時只要豎耳傾聽，在夜晚時就可以聽得非常清楚。

但是，此時他的腦海卻一片空白，覺得眼前變成一團模糊。

突然醒過來時，發現白煙中有一位眼中閃耀光芒的黑色裝扮的男子站在那裏。

「啊，明智先生，有賊、有賊。」

他大叫著搖動正在睡覺的明智的肩膀。

「你別那麼著急。哪裏有賊啊！你一定是做夢了。」

偵探動也不動的這麼說著。

喔，原來如此。先前的夢也許只是幻覺而已。因為現在根本看不到黑色裝扮的男子。

老人覺得有點不好意思，無言的恢復原先的姿勢，繼續豎耳傾聽。

但是又和先前一樣，覺得頭腦一片空白，眼前又開始朦朧了。

他覺得好像跌入黑雲中一般，眼前開始變黑暗，感覺身體好像跌入深沈的地底一般，老人開始打盹而睡著了。

到底睡了多久呢？這段時間內他就好像跌入地獄一般，持續做著惡夢。再度清醒時令他驚訝的是，四周已經大亮了。

「咦，我睡著啦！我不斷的打起精神，怎麼會睡著了呢？」

左門老人清醒之後，覺得很不可思議。

一看，發現明智還是保持昨晚的睡姿繼續睡覺。

「啊，還好。看來怪盜二十面相真的怕了明智偵探而沒有來。謝謝，謝謝。」

老人拍拍胸脯鬆了一口氣，輕輕的搖了搖偵探。

「先生，起來了。天已經亮了。」

明智立刻睜大眼睛，

「啊，睡了一覺……。哈哈哈……。你看，根本什麼事也沒有發生

嘛！」

說著伸了一個大懶腰。

「守衛的刑警可能也睡著了。應該不要緊了。吃完早餐大家好好休息吧！」

「是啊。那麼，那麼就請打開這個門吧！」

老人依照他的吩咐從懷中掏出鑰匙，打開鎖並拉起板門。

但是，打開門往房裏一看，老人「哇」的大叫起來。

「怎麼回事？怎麼回事？」

明智驚訝的站了起來，看了整個房間。

「那個、那個……。」

老人連說話的力氣都沒有了，只是站在那兒喃喃自語，用顫抖的手指著房內。

往內一看，的確會令老人非常驚訝。因為房間裏的古代名畫，無論是掛在牆上的，或是收藏在箱子裏、擺在架子上的，全都消失得無影無蹤了。

負責看守的刑警好像被人打倒在榻榻米上似的躺在那裏，但是卻鼾聲大作。

「先生，被、被、被偷走了。啊、哇、哇……。」

左門老人，一瞬間好像蒼老了十年似的，臉色蒼白地抓著明智的胸口。

惡魔的智慧

原本認為不可能發生的事情，卻發生了。怪盜二十面相也許不是人類，而是妖怪的化身，才能夠輕易辦到這種不可能辦到的事情。

明智走進房裏，用力踢鼾聲大作的刑警的腰部。看來他似乎非常生氣。

「喂，起來。我不是讓你來這邊睡覺的。你沒看到嗎？東西全被偷走了。」

刑警終於站起身來，好像在說夢話似的。

「嗯，嗯，什麼被偷走了？啊，真的被偷走了……，咦，這裏是哪裏呀？」

睡眼惺忪的看著整個房間。

「清醒一點。啊，我知道了，你中了麻醉劑。想一想昨天晚上到底發生什麼事情。」

明智拍拍刑警的肩膀，把他搖醒。

「喔，喔，你是明智先生。噢，對了，這裏是日下部的美術城。糟糕了，我中了麻醉劑。昨晚半夜的時候好像有一個黑影繞到我的身邊，然後我聞到一個沾有奇怪味道的東西，接下來被那種東西捂住口鼻，然後我就什麼都不知道了。」

刑警好像終於清醒似的，有點不好意思的說著，同時看著空無一物的畫室。

「原來如此。看來看守大門和後門的刑警也遭遇同樣的下場。」

明智自言自語的說著，在房間內來回走動。不久後聽到廚房傳來呼叫聲。

「日下部先生。請來這裏一下。」

老人和刑警朝著聲音的方向走去，結果，明智站在僕人房的入口指著裏面。

「在大門和後門都沒有看到守衛的刑警。不僅如此，你看，真可憐啊，遭受這樣的待遇。」

原來，作藏老爹和他的妻子被反綁雙手，口中塞著東西跌坐在角落裏。這一定是竊賊的傑作。為了防止兩人發出聲音妨礙工作，因此將他們兩個綁起來。

「明智先生，這是怎麼回事、這是怎麼回事啊？」

日下部老人好像快要發瘋似的追問明智。比他的生命更重要的寶物竟然在一夜之間完全消失得無影無蹤，他自然會有這種反應。

「真是很抱歉。怪盜二十面相竟然有這麼高明的手法。我小看對方了，真是失策。」

「失策？明智先生，難道你用失策兩個字來交代嗎？我該怎麼辦呢……？別人還說你是名偵探呢！可是現在卻變成這個情況……。」

老人臉色蒼白，用佈滿血絲的眼睛瞪著明智偵探，好像快要殺了他似的。

明智也有點不好意思的低頭不語，但是一會兒抬起頭來，臉上卻露出了笑容。原本是微笑，逐漸變成好像覺得非常可笑似的放聲大笑。

日下部老人愣了一下。難道明智被竊賊玩弄而氣得發瘋了嗎？

「明智先生，有什麼好笑？沒什麼好笑的。」

「哈哈哈……，真好笑。名偵探明智小五郎一定覺得很狼狽，就好像是捉住小孩的手一樣，輕易的被擊潰了。怪盜二十面相真是厲害。我尊敬你。」

明智的樣子變得越來越奇怪了。

「明智先生，你怎麼會稱讚賊呢？你看，事情變得這麼狼狽。趕緊為作藏他們鬆綁，他們真是太可憐了。刑警們，不要站在那裏發呆，趕緊解開繩子啊，快拿掉塞在嘴巴的東西。也許可以從作藏的口中問出賊的線索。」

因為覺得明智已經變成不可以依靠了，因此，下部老人自己好像偵探似的開始指揮。

「聽到老人的命令了沒？拿繩子來。」

明智以奇怪的眼光看著刑警。

先前還在發呆的刑警突然站直身子，從口袋裏掏出一條繩子，繞到日下部老人的背後將他綁起來。

「你在做什麼？為什麼要把我綁起來呢？不是綁我，是要你解開倒在那裏的兩人身上的繩子。放開我，不要綁我。」

但是，刑警並沒有停止綁繩子的動作，繼續默默的將日下部老人反綁起來。

「做什麼！好痛、好痛。明智先生，你為什麼笑呢？那個男人好像發瘋了，你快叫他拿掉繩子。」

老人到現在還不知道到底發生了什麼事。覺得這些人好像都頭腦怪怪的。否則怎麼可能將拜託他們的苦主綁起來呢。而且看到這種情景時，偵探怎麼還在那裏笑呢？

「老人，你在叫誰啊，你在叫明智嗎？」

明智自己這麼說著。

「別開玩笑了，明智先生，你難道忘了自己的名字了嗎？」

「我嗎？你說我是明智小五郎嗎？」

明智又再說一些奇怪的話了。

「當然是啊！你在說什麼蠢話……。」

「哈哈哈……，老人家，你還搞不清楚嗎？這裏根本沒有明智這個人。」

老人聽到之後張開大嘴，臉上露出懷疑的神情。

因為事發突然，他不知道該說些什麼。

「老人家，你以前見過明智小五郎嗎？」

「沒見過。但是，我看過照片啊！」

「照片？你是說那張照片長得跟我很像嘍……！」

「……」

「老人，你忘記怪盜二十面相是怎樣的人了嗎？他是一位擅長喬裝改變的名人哪！」

「那麼，你、你、你是……。」

老人似乎終於了解事情的始末，突然臉色大變。

「哈哈哈……，你知道了吧！」

「不、不、不可能的。我看了報紙。『伊豆日報』上明明寫著『明智偵探到修善寺』，而且富士屋的女服務員告訴我你就是偵探啊，怎麼會弄錯呢？」

「這真是一大錯誤。因為明智小五郎還沒有歸國呢。」

「報紙不可能隨便亂寫呀？」

「但是它的確說謊啦！社會版的一名記者中了我的計謀，將假的稿子交給主編。」

「那這些刑警怎麼說呢？難道刑警還會被假的明智偵探欺騙嗎？」

老人似乎不願相信，站在眼前的這名男子，就是可怕的怪盜二十面相。勉強自己認為他就是明智小五郎。

「哈哈哈……，老人家，你還想不通嗎？你以為他們真的是刑警嗎？那個男子以及看守大門和後門的那兩位，哈哈哈……，全都是我的手下假扮的刑警。」

老人即使不願意相信也不得不相信了。一直被認為是明智小五郎的這名男子，結果並不是名偵探，反而是大盜賊，而且就是怪盜二十面相本人。

啊，怎麼會發生這樣的事情呢？偵探竟然變成盜賊。日下部老人竟然親自拜託怪盜二十面相來看守寶物。

「老人家，昨天晚上的埃及煙味道如何啊？哈哈哈……，你想起來了吧，裏面摻了藥呢！兩個刑警必須進入房間裏搬運貨物，並且將貨物搬上汽車，所以我希望你能睡上一覺。你一定會問我是如何進入那個房間的。哈哈哈……，沒什麼把戲，只是從你的懷裏掏出鑰匙來借用了一下而已。」

怪盜二十面相輕鬆的交代偷畫的過程。但是，老人卻因為這番話語而感到非常生氣。

「對不起，我還有急事，先告辭了。我們會小心處理這些美術品，好好加以保管的，你安心吧。那麼，再見啦。」

怪盜二十面相恭敬的行了一禮，在假扮為刑警的手下跟隨之下離開了城堡。

可憐的老人呻吟著想要追賊，但是身體已經被五花大綁，綁住身體的繩子的另一端則綁在柱子上。他搖搖晃晃的站了起來，但是立刻又倒下了。

他既懊惱又悲傷的倒在地上，氣得咬牙切齒、流著眼淚。

巨人與怪盜

美術城事件發生過了半個月，有一天下午，東京車站的月台上擁擠的人群中，有一位可愛的少年，他就是小林芳雄，也就是各位讀者已經熟悉的明智偵探的少年助手。

小林穿著夾克、戴著鴨舌帽，鞋子擦得光亮，在月台上來回走著。手上是一張捲成棒狀的報紙。各位讀者，事實上這份報紙上報導有關怪盜二十面相的驚人事件。有關這項內容稍後再詳細說明。

小林少年來到東京車站，是為了接老師明智小五郎。名偵探這次真的從國外回來了。

明智偵探應某國之邀，出國處理某項重大事件，已經完成使命成功歸來，可說是凱旋將軍。原本有許多外交部和民間團體的人士想要前往機場迎接他，但是，明智認為偵探工作就是希望能夠掩人耳目，不需要如此大肆宣揚，因此故意不通知公家機關，只告訴家人到達東京車站的時間。同時，還說明不要明智夫人來接他，只要由小林少年來接他就可以了。

小林一直看著手錶。明智先生搭乘的火車剩下五分鐘就要進站了。三個月不見了，真是好懷念他，小林心中雀躍不已。

突然看到一位瀟灑的紳士，他面露笑容的走近小林少年。

穿著灰色大衣、拿著藤杖，半白的頭髮與鬍子，微胖的臉龐，玳瑁框的眼鏡發出光芒。雖然對方笑著，但是小林完全不認識他。

「請問你是不是明智家的人？」

紳士用溫柔的聲音問道。

「是的……。」

看著少年訝異的表情，紳士點頭說道：

「我是外交部的辻野，聽說明智先生要搭這班火車回來，因此，我以非公開的名義來迎接他。我有些秘事想要告訴他。」

對方加以說明。

「喔，是嗎，我是明智先生的助手小林。」

脫下帽子鞠躬之後，辻野滿臉笑容的說道：

「我聽過你的名字。事實上，我曾經在報上看到照片，因此認得你，所以向你打招呼。你曾經和怪盜二十面相交手過一次。你很受人歡迎哦！連我家的孩子都是小林迷。哈哈哈……。」

不斷的稱讚他。

小林覺得有點不好意思，因而面紅耳赤。

「怪盜二十面相曾經在修善寺盜用明智先生的名義做壞事。今天早上的報紙則刊載他要攻擊國立博物館的消息。他這種態度好像把警察們當笨蛋似的。絕對不能讓他得逞。為了打敗那個傢伙，我等明智先生回來已經等很久了。」

「是啊，我也是。我雖然非常努力，但是我的力量不夠。正等著老師為我報仇呢！」

「你手上的報紙是今天的嗎？」

「是的。就是刊載要攻擊博物館的通知信的報紙。」

小林說著，把報上刊登這篇內容的部分攤開讓對方看。幾乎有半個社會版版面都報導有關怪盜二十面相的消息。原來今天怪盜二十面相利用快捷寄信到國立博物館，說明要將博物館收藏的所有美術品都偷走，甚至明白寫上日期是十二月十日。距離十二月十日只剩下九天了。

怪盜二十面相的野心真的非常大，現在竟然將腦筋動在國家身上。以往只是偷盜個人的財寶，這回腦筋竟然動到博物館，要偷盜國家的所有物，可說是史無前例的膽大妄為行為。

但是，仔細想一想，他又如何在重重戒備下辦到呢？博物館內有幾十位工作人員，此外，還有守衛與警員。同時，他既然已經做出通知，可以想見博物館內務必戒備森嚴，甚至有可能將全國的守衛都調派過來看守博物館也不一定。

怪盜二十面相也未免太大膽了。難道他這麼有自信，認為自己一定能夠辦到不可能辦到的事情嗎？難道他真的有超越人類智慧的惡魔的伎倆嗎？

怪盜二十面相的事情暫且討論到這，接下來說說名偵探明智吧。

「啊，火車來了。」

不需要辻野的提醒，小林少年已經跑到月台的一端了。

站在前來接人的人潮前面，往左邊看去，明智偵探搭乘的特快列車逐漸的接近了。

一陣排氣震動空氣之後，黑色的鋼鐵車廂在眼前掠過。聽到煞車聲的同時，火車終於慢慢的停了下來。在頭等艙的升降梯口，終於看到令人懷念的明智先生的身影。他穿著黑西裝、黑色外套，戴著黑色軟帽，清一色黑色裝扮的明智，很快就看到小林少年笑著對他招手。

「老師，您回來了。」

小林很高興的跑到明智的身邊。

明智偵探將一些行李交給頭戴紅帽的車站服務員，走向月台來到小林身邊。

「小林，辛苦你了。我看過報紙，已經知道詳情了。你平安無事就好了。」

三個月沒有聽到老師的聲音。小林高興的抬頭看著名偵探，同時靠近他的身邊，兩人同時伸出手來緊握著對方的手。

這時，外交部的辻野走到明智的身邊，遞出印有頭銜的名片，同時說道：

「您是明智先生嗎？我們沒有見過面，我是外交部的人。事實上，我是根據小道消息知道您搭乘這列火車回來，我有些事情想跟您談一談，因此來接你。」

明智接過名片之後，好像在思索什麼似的，看了名片一會兒，終於回過神來愉快的回答道：

「喔，辻野先生。嗯，我聽過你的大名。事實上，我打算先回家換衣服，然後立刻前往外交部，讓你特地前來接我，真是不好意思。」

「我知道您很累，但是如果方便的話，我想我們在鐵路飯店邊喝茶邊聊聊，我絕對不會打擾您太多時間的。」

「鐵路飯店嗎？喔，鐵路飯店。」

明智看著辻野，好像很佩服似的說道：

「反正也沒什麼影響嘛，我就跟你一起去好了。」

說著走近在稍遠處等待的小林少年身邊，小聲的對他說道：

「小林，我要和這個人到飯店商量事情，你把行李送上計程車，先回去吧。」

「喔，那麼我先走了。」

小林追著紅帽服務員離去之後，名偵探和辻野並肩聊天，一起穿越地下道，爬上位於東京車站二樓的鐵路飯店。

好像事先命令飯店準備似的，在飯店內最高級的房間裏，已經做好迎接客人的準備，總招待恭敬的在那裏等候著。

兩人穿著華麗的衣服，隔著大圓桌坐在安樂椅上，這時，另外一名服務員端了茶點進來。

「我們有些事要密談，你們暫時離開，沒有叫喚你們，任何人都不要進來。」

就在下達命令的同時，總招待事實上已經離去了。房間裏的兩個人面對面看著對方。

「明智先生，我盼著見到您，已經等很久了。」

辻野雖然面露微笑，但是眼睛緊盯著對方看。

明智讓身體沉入安樂椅的墊子中，笑著回答道：

「我也非常想見你。剛剛在火車上，我就曾經想過也許你會到車站接我。」

「真厲害，看來你已經知道我真正的名字了。」

辻野若無其事的話語中隱藏強大的力量。因為過於興奮，擺在椅子扶手上的左手手指微微顫抖。

「至少我知道你不是外交部的辻野。至於你的本名我弄不清楚，不過報紙上都稱你為怪盜二十面相。」

明智若無其事的說出驚人之語。各位讀者，這是真的嗎？盜賊竟然來接偵探。偵探似乎也知道這一點，竟然還答應他的邀請而和他一起喝茶，他怎麼會做這種蠢事呢？

「明智先生，你真的是如同我想像的人，即使一看到我的時候就知道我是誰，還是答應我的邀請，這是連福爾摩斯都辦不到的手法。我真的感覺非常愉快，這才是有意義的人生。我實在太興奮了，我覺得活著真好。」

化裝為辻野的怪盜二十面相似乎很崇拜明智偵探似的，但是絕對不可以掉以輕心，因為他是與全國為敵的大盜賊。他不斷的進行一些冒險的行為，而且都事先做好萬全準備。你看，辻野的右手已經伸進衣服口袋裏，但是還沒有掏出來。他在口袋裏到底握有什麼呢？

「哈哈哈……，你也有點太興奮了吧。這種事情對我來說早就屢見不鮮了。但是，怪盜二十面相，我真的有點同情你，我回來了，你的大計畫就無法成功。因為我回來了，所以，你最好別想動博物館的美術品一根寒毛。有關伊豆日下部家的寶物，也不是你應該擁有的東西。我們就來做個約定吧！」

雖然語帶挑釁，但是明智好像很快樂似的，深深吸了一口煙，然後將煙在對方面前噴出，同時笑了起來。

「喔，那我也和你來個約定好了。」

怪盜二十面相也不服輸。

「在預告日那一天，我一定會偷走博物館的收藏品。至於日下部家的寶物……，哈哈哈……，為什麼要我歸還呢！明智，關於那件事，你不也是共犯嗎？」

「共犯？啊，說的也是，你真會喬裝改扮哪！哈哈哈……。」

兩人雖然互相稱讚對方，卻明顯帶有一絲敵意。大盜賊與名偵探就好像朋友一樣談笑風生。但是，兩人心中卻不敢絲毫鬆懈。

做法如此大膽的竊賊，到底已經做好什麼準備了呢？沒有任何人知道。可怕的並不是賊人口袋裏的手槍而已。

先前出現的總招待也可能是賊人的手下。此外，鐵路飯店裏到底藏多少賊人手下，也不得而知。

目前兩人的立場就好像是劍道高手一樣，手握白刃交錯在一起，互相瞪著對方，是力氣與力氣交戰之際，精神絕對不能有絲毫大意，否則就會決定勝敗。

兩人臉上露出笑容持續談著。但是，即使天氣寒冷，怪盜二十面相的額頭卻開始冒汗。兩人的眼睛就好像噴火似的閃耀著光芒。

皮箱與電梯

名偵探為什麼不在月台把竊賊抓起來呢？為什麼要讓這個好機會溜走了呢？各位讀者一定覺得很懊惱。

但是，這也說明了名偵探非常有自信。一看到竊賊他就開始放長線釣大魚。偵探深具自信，相信竊賊無法動博物館的寶物，同時有信心可以從竊賊手中取回美術城的寶物與其他不勝枚舉的偷盜物。

因此，如果現在就逮捕竊賊反而不利。怪盜二十面相有許多手下，一旦首領被逮捕時，手下們會如何處置那些寶物呢，沒有人知道。如果要逮捕竊賊，一定要先確認寶物的放置地點才可以行動。

竊賊千方百計過來見他，與其讓對方失望，還不如依照對方的方式進行，這樣也可以了解怪盜二十面相的智慧。

「明智先生，你想像我的立場，你要逮捕我隨時都可以辦到，你看，只要按那邊的按鈕叫服務生過來，讓服務生去通知警方就可以了。哈哈哈……，這的確是很棒的冒險。這種心情你能了解嗎？這是拼命一搏的做法，我現在就好像站在幾十公尺高的深淵旁。」

怪盜二十面相真的非常大膽，說著瞇起眼睛看著偵探的臉，然後放聲大笑。

「哈哈哈……。」

明智小五郎也不服輸的大笑起來。

「告訴你，我不會做這種事情的。我明明知道你是誰，還跟你到這裏來，就表示我根本不想抓你。我只是想和著名的怪盜二十面相聊聊，並不急著抓你。畢竟距離你襲擊博物館還有九天的時間。我可以慢慢的看看你的高明伎倆。」

「不愧是名偵探。老實說我不得不稱讚你……。但是，恐怕你抓不到我，我反而會把你當成俘虜喔！」

怪盜二十面相的臉上露出惡作劇的微笑。

「明智先生，不必擔心。你覺得我會無聊的把你帶到這裏來嗎？你認為我沒有做任何準備嗎？你想我會默默的讓你走出這個大門嗎？」

「就算你叫我不要出去，我還是可以平安無事的走出去。而且我要去外交部，我現在很忙呢！」

明智說著，慢慢的站了起來，朝著與門相反的方向走去，好像欣賞風景似的，悠閒的隔著玻璃看著窗外。他輕輕的打了一個呵欠，拿出手帕擦臉。

就在這個時候，叫人鈴突然響起，先前的那位總招待和另外一名服務生開門跑了進來，站在桌前直立不動。

「喂喂，明智先生，你還不知道我的力量吧。不要以為這裏是鐵路飯店就能安心喔。你等著瞧吧！」

怪盜二十面相說著，看著兩名高大的壯漢。

「你們向明智先生打招呼吧！」

兩名男子立刻變成好像兩隻野獸，步步朝明智逼近。

「等一等，你打算把我怎麼樣？」

明智背對著窗戶，擺好架勢。

「我也不知道。看看你的腳邊，有沒有看到一個很大的皮箱啊，裏面可是空無一物，這就是你的棺材。這兩個人現在就要把你埋葬在這個皮箱中了。哈哈哈……。

就算是名偵探應該也會害怕吧。你沒有想到我的手下竟然混在飯店的服務生中吧！你現在就算大叫也沒有用了。兩邊都是我包租的房間，而且我在這裏的手下還不只這兩人。為了避免受打擾，還有其他人在走廊上看守呢！」

真是太失察了，名偵探竟然中了敵人的圈套。明知是圈套還要往火裏跳，而且對方準備得如此周到，可能真的逃不掉了。

討厭見血的怪盜二十面相即使不會做搏命演出，但是對他而言，比警方更大的阻礙就是明智小五郎。只要把明智裝入皮箱，運送到沒有人知道的地方，襲擊博物館的行動結束前一直俘虜他，行動就可以順利進展。

兩名壯漢不斷朝向明智逼近。打算撲向他時，卻有點猶豫。名偵探身上似乎發出驚人的威力。

以力量來說，兩個人的力量大於一個人的力量，不，三個人的力量合而為一時，即使明智小五郎的力量強大，也不敵三個人的力量。他才剛剛回國，這麼快就將成為盜賊的俘虜，難道偵探一定得承受這個大恥辱嗎？這是他的命運嗎？這是事實嗎？

請看下去。我們的名偵探在這種危急的時候臉上依然帶著笑容。原先只是微笑，但是，後來卻變成好像非常好笑似的開始放聲大笑。

「哈哈哈……。」

當他大笑時，兩位服務生楞了一下，張著嘴呆立在那裏。

「明智先生，有什麼好笑的呢？還是你嚇得發瘋了。」

怪盜二十面相不了解對方的真意，因此只能口出惡言。

「不，事實上，我覺得你演這齣戲真的很可笑。你過來一下，到這裏來一下，看看窗外，會看到很奇妙的東西喔！」

「你能看到什麼，這裏不是月台的頂樓嗎？你想說一些奇怪的話趁機逃跑嗎？明智小五郎，我勸你還是打消這種念頭吧！」

雖然口中這麼說，竊賊還是來到窗邊往外看。

「哈哈哈……，當然都是屋頂。但是，屋頂的對面有很奇妙的東西喔！

你看，就在那兒。」

明智用手指著。

「在屋頂和屋頂之間可以看到黑色的東西待在那裏，好像是個好小孩喔。他用小望遠鏡正盯著這個窗戶瞧呢！那個孩子我好像看過喔！」

各位讀者應該已經猜到那個小孩是誰了吧！沒錯，就是明智偵探的名助手小林少年。小林用他的七種道具之一的筆型望遠鏡，看著飯店窗內的一切，好像正在等待訊號似的。

「啊，是小林那個小鬼。他不是回家了嗎？」

「是呀，我吩咐他到飯店大廳去詢問我在那一個房間，要他盯著那個房間的窗戶觀察動靜呢！」

這到底意味什麼？竊賊似乎還不明白。

「那又怎麼樣呢？」

怪盜二十面相覺得越來越不安，開始朝明智逼近，打算抓住他。

「你看這個，看我的手。如果你們敢對我怎麼樣，這條手帕就會落

在窗外喔！」

說著明智的右手已經伸出窗外，指尖抓著白色的手帕。

「這就是信號。到時那個孩子就會跑到車站的辦公室，然後電話鈴就會響起。警察隊就會將這個飯店的出入口重重包圍，不到五分鐘時間就能辦到這一點。我想，我應該有力量可以抵擋你們五到十分鐘吧！哈哈哈……，只要我的手指一鬆開，逮捕怪盜二十面相的偉大場面立刻就要展開了。」

二十面相看著在窗外飄盪的明智的手帕，以及在月台屋頂上的小林少年，好像很懊惱似的想了一會兒，估計情況可能對自己不利，因此，神色緩和的說道：

「喔，那麼，如果我願意收手，讓你平安無事的回去，你就不會把手帕丟下去囉！好吧，也就是說要用我的自由來換你的自由囉！」

「當然嘍！先前我說過，我並不打算現在逮捕你。如果要逮捕你，根本不需要使用手帕傳達訊號。小林可以立刻去告訴警方，那麼，你立刻就會被警方抓住，哈哈哈……。」

「你真是個很奇怪的男人。難道你想放我逃走嗎？」

「嗯，我覺得現在還不是抓你的時候。抓你一定要連同你的手下以及你所偷盜的美術品一網打盡。我是不是太貪心了呢！哈哈哈……。」

怪盜二十面相似乎覺得很懊惱似地，緊咬著嘴唇沈默不語，但是突然又重新振作的笑了起來。

「不愧是明智小五郎。看來只好如此了……。老實說我現在也不想抓你。那麼，今天我們就暫時告別。我送你到玄關吧。」

然而，偵探卻不會讓他們這麼輕易的離開。

「告別是很好的，但是，你必須先將這些人的眼睛矇起來。這兩個人還有走廊上的同伴必須趕到廚房去。」

二十面相並沒有多說什麼，立刻對服務生下達命令，同時敞開入口的門，看到整個走廊。

「這樣很好。可以聽到他們下樓的腳步聲。」

明智終於離開窗戶邊，同時將手帕塞回口袋。竊賊並沒有佔領整個鐵路飯店，所以明智只要到了走廊就沒問題了。稍遠的房間裏還有其他客人，在那邊的走廊下等待的並不是竊賊的手下，而是真正的服務生。

兩人好像朋友一樣並肩走到電梯前。電梯的門是打開的，一位二十歲左右、穿著制服的電梯服務員好像在等人。

明智若無其事的先踏進電梯。

「啊，我的手杖忘了拿，你先請吧！」

聽到怪盜二十面相這麼說時，電梯的門關了起來同時開始下降。

「真奇怪！」

明智很快察覺這一點，但是並沒有特別慌張，一直看著電梯服務員的手。

果然不出所料，電梯來到二樓與一樓間的牆壁時，突然停了下來。

「怎麼回事？」

「對不起，機械故障。請稍等一會兒，立刻修好。」

服務員好像很抱歉似的說著，開始轉動運轉機的把手。

明智說著立刻抓住服務員的後頸部，把他拉到後面，因為太用力了而使得服務員撞到電梯的一角。

「你做什麼！」

「少騙我了，我知道你不是電梯人員。」

明智說著重新轉動把手，結果升降梯又開始下降。

到達樓下時，明智依然握著把手瞪著服務員，眼光非常可怕。年輕的服務員嚇得發抖，單手按在右邊的口袋上方，裏面似乎有重要的東西似的。

靈敏的偵探並沒有忽略他的表情和手部動作，立刻撲了過去，把手伸入他的口袋中掏出一張紙幣，那是一張百元鈔票（相當於現在的二十萬日幣）。原來電梯服務員被怪盜二十面相的手下以一百元收買了。

竊賊一定是想讓偵探待在電梯裏五分鐘到十分鐘，然後趁機從樓梯逃走。身分已經被發現的怪盜二十面相，即使非常大膽，也不敢和偵探

一起並肩通過夾雜著飯店的人與住宿旅客的大廳。雖然明智一定不會抓他，但是竊賊卻不相信他的說法。

名偵探跳下電梯跑到大廳，就在這時，怪盜二十面相的辻野正走向大門的石階。

「啊，對不起，對不起，因為電梯有點故障，所以我晚到了。」

明智笑著，從後面拍拍辻野的肩膀。

突然回過頭看到明智時，辻野的臉色大變。竊賊原本相信電梯的計策一定會成功，沒想到……。

「哈哈……，哎呀，怎麼回事啊，辻野先生，你的臉色不太好喔。這是那位電梯服務員要我交給你的東西。服務員說，由於對方知道如何啟動電梯，因此，無法依照您的吩咐把他留在電梯裏很久。真是不好意思。哈哈哈……。」

明智笑著，同時將百元鈔票在怪盜二十面相面前晃了兩、三下，然後塞入對方手中。

「再見啦，不久我們就會再見面了。」

說著轉身離去。

辻野握著百元鈔票，神情愕然的看著名偵探的背影消失。

「噓！」

回過神來，叫著在那裏等待的汽車。

這是名偵探和大盜賊初次見面的場面，當然是偵探獲勝了。好像讓竊賊知道隨時都可以抓住他似的。對於怪盜二十面相而言，這是莫大的恥辱。

「這個仇我一定要報。」

他望著明智的背影握緊拳頭，說了一些咒罵的話語。

逮捕怪盜二十面相

「啊，明智先生，我正要去拜訪你呢。那個傢伙在哪裏？」

明智偵探離開鐵路飯店不到五十公尺時，突然被人叫住，因此不得不停下來。

「喔，是今西先生。」

原來是警政署搜查課的今西刑警。

「待會兒再打招呼，那位自稱為辻野的男子現在怎麼樣了？真的逃走了嗎？」

「你怎麼知道這件事呢？」

「小林在月台看到奇怪的事情。那個孩子真的非常倔強，無論我用盡各種辦法、再怎麼問他，他都不說。最後他終於說出你和一位外交部自稱辻野的男子一起進入鐵路飯店。他懷疑這位辻野可能是怪盜二十面相喬裝改扮的，因此立刻打電話到外交部詢問，結果辻野本人還在外交部，可見得和你見面的人一定是冒牌貨。所以我特地趕來支援你。」

「真是辛苦你了。但是，那名男子已經回去了。」

「咦，回去了？那麼，他不是怪盜二十面相嗎？」

「是，他是怪盜二十面相。真是有趣的男子。」

「明智先生，明智先生，你在做什麼啊！你知道他是怪盜二十面相，為什麼不通知警方，反而讓他逃走了呢？」

今西刑警，懷疑明智偵探的頭腦是否清醒。

「我有我的想法。」

明智回答道。

「即使你有你的想法，但是這件事情不是你一個人可以決定的啊！既然知道對方就是竊賊本人，怎麼能夠讓他逃走呢？我基於職務的關係一定要追捕他，他往哪裏去了，是乘車離開的吧！」

刑警對於民間偵探擅自處理的態度，感到非常生氣。

「你要追他是你的自由，不過我想可能沒有用。」

「我才不接受你的指使呢。我會前往飯店查明他搭乘的車牌號碼，再採取必要的行動。」

「哦，你說車牌號碼呀！不用去飯店，我知道是一三八八七號。」

「咦，你連車牌號碼都知道，為什麼不追他呢？」

刑警再次訝異的問道。但是，現在一刻都不能放鬆，不需要持續這些無聊的問答來浪費時間。他將車牌號碼抄在筆記本上之後，立刻跑向就在前方的派出所。

利用警用電話，通知轄區內的各警察局和派出所。

「知道車牌號碼是一三八八七號。那輛車是怪盜二十面相假扮為外交部的辻野先生乘坐的車子。」

這個命令，對於所有的東京警察的心理會造成多大的震撼呢？所有警察都會緊盯著汽車的牌照號碼，想要逮捕竊賊以建立功勞。

幸運的是，怪盜從飯店出發後不到二十分鐘，牌照號碼一三八八七號的汽車，被新宿戶塚町派出所執勤的一名警察發現了。

這位警察還很年輕，同時勇氣過人，他看到派出所前方有一輛加速駛離的汽車，同時發現牌照號碼正好是一三八八七號。

年輕的警察嚇了一跳，但是還是非常勇敢。他趕緊叫住隨後跟來的空車，並迅速跳上車子。

「那輛車，那輛車是著名的怪盜二十面相搭乘的車子。快跟著他，超速也沒有關係。趕緊追他，追到引擎破裂為止。」

他大叫著。

還好這輛汽車的駕駛也是一位年輕人。車子也很新，引擎當然也很棒。車子開得飛快，就好像子彈一樣。

宛如惡魔般疾馳的兩輛汽車，當然會吸引路上行人的眼光。

駕駛由後照鏡看到車子後面出現一位警察，坐姿不穩地，一直盯著前方不斷大叫著：

「逮捕他，逮捕他！」

和前面的車子一起奔馳，跟在後面的狗不斷大聲吠叫著。吵鬧聲令街上的所有群眾駐足圍觀。

但是，汽車上的人根本不在意這些光景，依然不斷的往前疾馳。

不知穿越幾輛汽車了，甚至幾次差一點撞上其他汽車，但是都驚險避開了。

車輛在狹窄的道路上無法高速行駛，竊賊的車子到達大環狀線時，朝向王子方向疾駛而去。竊賊似乎已經察覺被人追蹤，但是，卻無計可施。大白天裏在市區內根本不可能跳下車子躲藏起來。

過了池袋，發現前方的車子發出砰的巨響。啊，難道竊賊已經按捺不住而掏出口袋的手槍了嗎？

不，不是如此，這並不是西洋的警匪追逐戰電影。在熱鬧的城鎮裏如果掏出手槍，那就更無法逃走了。

那不是手槍聲，而是車輪爆胎的聲音，竊賊的運氣真不好。

然而，他還是勉強的讓車子行駛一段距離，可是由於速度減慢，終於被警察搭乘的汽車給追上了。

車子橫陳在街上，根本無處可逃。

兩輛車都停了下來，周圍立刻圍起黑鴉鴉的人群，連附近的警察都趕來了。

啊，各位讀者，辻野終於被抓到了。

「是怪盜二十面相，怪盜二十面相。」

這時群眾中有人這麼叫著。

竊賊就在從附近趕來支援的兩名警察與戶塚派出所的年輕警察三人合力包圍之下，乖乖的束手就縛，毫無抵抗的力氣。

「怪盜二十面相被抓到了。」

「這個目中無人的傢伙！」

「但是警察真的很厲害耶！」

「警察萬歲！」

群眾中傳來歡呼聲。警察和竊賊一同搭乘追蹤賊人的車子趕往警政署。因為這號大人物是不可能留在管轄的警察局的。

到警政署驗明正身時，署內歡聲雷動。棘手的罕見凶賊竟然就這樣被抓到了。這完全是因為今西刑警處事敏捷，再加上戶塚派出所的年輕警察奮戰不懈，才有這樣的成果。兩人都霎時成為受歡迎的風雲人物。

聽到這個報告時，比任何人都高興的就是中村搜查組長。組長在羽柴家事件時曾經被竊賊愚弄，這種怨恨他無法忘記。

中村趕緊前往調查室展開調查。因為對方是喬裝改扮的名人，沒有人知道他的真正長相。首先一定要確認沒有抓錯人，因此，一定要叫證人前來才行。

打電話到明智小五郎家中時，名偵探正好前往外交部了。只好由小林少年前來。

不久後，長著一張蘋果臉的小林少年，進入調查室。看了竊賊一眼後，說明他的確是假扮為外交部辻野先生的那個人。

「我是真的」

「是這個人。就是這個人。」

小林斬釘截鐵的回答。

「哈哈哈……，怎麼樣，小孩子的眼力不錯吧。現在你無法再掩飾了。你就是怪盜二十面相。」

中村組長感到非常高興，終於抓住心中怨恨的怪盜了。好像要誇耀勝利似的正面瞪著竊賊。

「但是，不是的。你們可能弄錯了，我根本就不知道誰是怪盜二十面相。」

化裝為紳士的竊賊，說著奇怪的話。

「什麼?你說什麼，我根本聽不懂。」

「我也不知道原因。總之，那個傢伙假扮成我。」

「喂，喂，不要亂說。無論你再怎麼說謊我也不會上你的當了。」

「不，不，不是的。你靜下來聽我說，我絕對不是你們所說的怪盜二十面相。」

紳士說著，從口袋掏出印著『松下庄兵衛』的名片，上面同時印有杉並區某所公寓的住址。

「我就是松下，因為經商失敗目前還失業在家，住在公寓裏。昨天我正在日比谷公園閒逛時，遇到一位自稱為公司職員的男子。他告訴我可以教我賺錢的方法。

也就是說，他叫我今天一整天都坐在車上，他給我五十元（約現在的十萬元）當作車資，這不是很棒的事情嗎？反正我現在也失業，當然願意為了五十元而答應他的要求嘍！

這名男子好像還要再說得更詳細一些，但我卻加以制止，很快就照辦了。

所以，今天一大早我就坐上汽車，在市區內到處打轉。他還說中午要在鐵路飯店請我吃飯。我想，可能是吃美味大餐。他叫我在那裏等一會兒，因此，我就在飯店前停下車子等待。過了三十分鐘後，一名男子從鐵路飯店走了出來，打開我的車門鑽了進來。我一看到這位男子就嚇了一跳，我懷疑自己是否弄錯了。因為進來的男子，無論相貌或身上穿的西裝外套以及手杖，都和我一模一樣，絲毫不差，就好像我在照鏡子

似的。

我真的嚇傻了。這真的是很奇怪的事情。我原以為這名男子會搭乘我的車，沒想到他又打開另一邊的車門跳下車去。

也就是說，這位和我長得一模一樣的紳士，只是通過汽車裏的座位而已。他在通過我的面前時，說了一些很奇怪的話。

『好，立刻出發吧！到哪裏去都可以。全速奔馳。』

說完之後，他就消失在鐵路飯店前的地下室理髮店入口，因為我的汽車正好停在地下室的入口前。

我雖然覺得很奇怪，但是先前和對方約定好了，因此，立刻吩咐駕駛急速奔馳。

後來我不記得前往過哪些地方，總之，我在早稻田大學後方時，發現後方有車子跟蹤我。雖然我不知道理由，但是我覺得非常有趣，因此命令駕駛全速奔馳。

後來的事情你們都知道啦。老實說，我真的是只想賺這五十元，沒想到後來竟然變成怪盜二十面相的替身。

不，不是替身，我才是真的，他才是我的替身。就好像拍照一樣，我的相貌和服裝他模仿得真像。

真的，你看，就是這樣，我是真正的松下庄兵衛。我是真的，他是假的，你們知道了吧。」

松下說著，不斷的用手抓自己的頭髮，並且用力拉扯自己的臉頰，讓警察看個仔細。

這到底是怎麼回事啊?中村組長似乎又被竊賊愚弄了。整個警政署內逮捕凶賊的喜悅霎時化為泡影。

後來，傳喚松下居住的公寓的主人前來，調查之後發現，抓到的人的確是松下。

怪盜二十面相真的是非常小心謹慎的人。為了在東京車站抓住明智偵探，竟然計畫得如此周全。讓手下假扮為鐵路飯店的服務生，同時買通電梯服務員，而且假扮為松下這位先生，做好逃走的準備。

雖說是替身，怪盜二十面相不必找一位和自己非常像的人，因為他是喬裝改扮的名人。只要他願意，可以化裝為任何人，無論對象是誰都無妨，只要是能夠聽他吩咐的人都可以。

松下這位失業紳士，就是一位適當人選。

怪盜二十面相的新弟子

明智小五郎的住宅位於麻布龍土町的幽靜小鎮上。名偵探與年輕貌美的文代夫人和助手小林少年同住，此外還有一位幫忙的佣人。過著純樸的生活。

傍晚時，明智從外交部的朋友家中回來，被叫往警政署的小林也回來了，正在洋房二樓明智的書房裏報告怪盜二十面相假扮他人的事件。

「我想也是如此。但是，中村實在太可憐了。」

名偵探笑著說道。

「老師，我有一點不明白。」

小林少年，已經養成對於不明白的事情，儘早勇敢提問的習慣。

「我知道老師為什麼要讓怪盜二十面相逃走。但是，後來為什麼不讓我跟蹤他呢？如果知道他的藏身處，也許就能夠防止博物館的美術品被偷盜啦！」

明智偵探對於少年助手的疑問好像很高興似的笑著聽著。然後站了起來走到窗邊，對小林少年招招手。

「那是因為怪盜二十面相會主動通知我。雖然我不知道為什麼，但是，先前我和他們在飯店交手，凶賊沒想到竟然讓到手的偵探逃走了，對他而言這當然是莫大的侮辱。怪盜二十面相對於這件事情一定感到非常懊惱，而且認為我一定會妨礙他的下一步工作。

你看，窗外有一個演紙人偶戲的小販。在這種不熱鬧的地方，怎麼可能有小販來這裏做生意呢？那個傢伙從先前就一直站在那兒偷瞄這個

窗子裏的動靜。」

小林往明智宅邸門前的小路看去，的確，有一位演紙人偶戲的小販站在那裏。

「那是怪盜二十面相的手下，他一定是來觀察您的情況的。」

「是啊，不必特意辛苦的去找他，他自己就會到我們附近。只要跟蹤他，自然就知道怪盜二十面相的藏身處啦！」

「喔，那麼，我喬裝改扮去跟蹤他好了。」

小林高興的說著。

「不，不必這麼做。我有我的想法。對方是一個頭腦聰明的傢伙，因此我們不能打草驚蛇。

小林，明天我可能會發生一些不一樣的事情，但是，你千萬不要害怕。我絕對不會中了怪盜二十面相的計謀。因此，即使我遭遇危險，也只是一種策略，你不要擔心，知道嗎？」

雖然這麼說，小林少年卻不可能不擔心。

「老師，如果會遇到什麼危險，還是讓我去吧！萬一你遭遇什麼意外可就糟糕了。」

「謝謝你。」

明智偵探拍拍少年的肩膀。

「但是，這是你沒有辦法進行的工作。相信我吧，你知道我從來沒有失敗過……。不必擔心。嗯，不必擔心。」

※　　※　　※

到了第二天傍晚。

在明智家門前，就在前一天演紙人偶戲的小販站立的地方，今天換成一個乞丐坐在那兒。不時對通過的行人念念有詞，不知道在說些什麼，同時對路人鞠躬。

他用骯髒的手巾擦著臉，穿著破爛的衣服，坐在一張蓆子上似乎冷得發抖，看起來很可憐。

但奇怪的是，當過往的行人通過之後，這個乞丐的樣子就完全改變

了。他原先低垂著頭，突然間抬起頭來露出銳利的眼光，緊盯著眼前的明智偵探家看。

這天上午，明智偵探不知道到哪裏去了。三點左右回家時，在路上就看到乞丐，但是假裝沒有看到。進入面對大樓的二樓書房時，坐在桌前，不知道在寫些什麼。這個位置就在窗邊，因此，乞丐可以看清明智的一舉一動。

傍晚前的幾小時內，乞丐一直坐在地上。明智偵探則一直坐在從窗外可以看到的桌前。

到了下午一直都沒有訪客，傍晚時突然有一位奇怪的人，進入明智家低矮的石門中。

這名男子留著長髮，臉上留著一些小鬍鬚，穿著骯髒的西裝，頭戴鴨舌帽，看起來就好像流浪漢一樣。

但是，他進門後突然大聲對門內叫道：

「喂，明智，你不記得我了嗎？我是來道謝的。開門讓我進去。我要向你和你的妻子致謝。你不要認為我沒有用，就算我沒有用還是有點小用處的。讓我進去吧。」

明智已經來到洋房的門廊應付他，不過沒有聽到明智的聲音，只聽到流浪漢的聲音傳到門外。

聽到這個人說話時，蹲在路上的乞丐突然站起身來看看四周，然後偷偷的溜到石門旁，躲在電線桿後面。

正面的門廊上站著明智小五郎，流浪漢一隻腳踩在門廊的石階上，在明智面前握緊拳頭大叫著。

明智一點也不害怕，靜靜的看著流浪漢，對於對方粗魯的話語似乎已經無法忍耐了。

「笨蛋，你說完了沒，說完就出去吧！」

大叫著要推開流浪漢。

被推開的男子腳步不穩，後來又重新站直身子，大叫著開始與明智纏鬥。

然而，提到打鬥，流浪漢怎麼可能敵得過柔道三段的高手明智偵探呢？他的手臂立刻被扭起來，同時被扔到門廊下的石頭上。男子疼痛得暫時無法動彈，後來終於站起身來。

這時，明智已經消失在門廊的門後了。

流浪漢爬上階梯，到了門廊前用力拍打門，但是，裏面似乎已經鎖上，門一動也不動。

「畜生，你給我記住。」

男子似乎終於放棄了，口中不斷咒罵著明智，同時搖搖晃晃的走出門外。

乞丐先前一直偷偷觀察事情的始末，當流浪漢離開之後就開始跟蹤他，到了距離明智家稍遠處時，乞丐出聲叫住那名男子。

「喂，你啊。」

「咦？」

男子驚訝的回頭一看，看到站在一邊的骯髒乞丐。

「什麼事啊？乞丐。你沒看到我沒錢嗎！」

流浪漢說完之後打算離去。

「不，不是這件事。我有別的事要問你。」

「什麼事啊？」

由於乞丐說話的方式很奇怪，所以男子有點懷疑的看著他。

「我告訴你，我不是真正的乞丐。事實上，我是怪盜二十面相的手下。今天我一直盯著明智那個傢伙，你和明智之間似乎有什麼深仇大恨似的。」

乞丐的確是怪盜二十面相的手下之一。

「深仇大恨？嗯，因為那個傢伙讓我去吃牢飯，我一定要報仇。」

流浪漢握緊拳頭，很生氣的說著。

「你叫什麼名字？」

「赤井寅三。」

「你是從哪裏來的？」

「我是無父無母的孤兒，孤獨一人。」

「喔，是嗎？」

乞丐想了一會兒，終於好像想到什麼似的說道：

「你知道我的首領怪盜二十面相的名字嗎？」

「聽過。聽說他的手腕高明。」

「他簡直就像變魔術一樣。現在他打算偷盜博物館的國寶……。不過，首領也把明智小五郎這個傢伙視為敵人。既然你恨明智，那麼，我們的立場相同。你希望成為怪盜二十面相的手下嗎？到時候就可以報仇了。」

赤井寅三聽到之後，認真的看著乞丐，終於拍手說道：

「好啊！就這麼決定了。老兄，你儘快安排我見怪盜二十面相首領吧。」

赤井寅三希望成為他的弟子。

「嗯，由於你和明智有深仇大恨，相信首領一定很高興而願意和你見面。不過，在此之前你應該建立一點功勞，當作送給首領的禮物。那就是綁架明智。」

改扮為乞丐的怪盜二十面相的手下，看著周圍，小聲的說著。

名偵探的危急

「什麼？綁架那個傢伙，你們已經計畫好了嗎？到底要在什麼時候進行呢？」

赤井寅三好像很熱衷似的問道。

「就在今晚。」

「咦，今晚。真是太棒了。該如何下手呢？」

「首領已經擬好計劃，他的徒弟中有一位非常美麗的女子。讓這名女子假扮成年輕的婦人，拜託明智偵查一些事件。

要求明智立刻到她家去調查，然後讓他坐上汽車。當然，這名女子

也一起陪他坐上汽車，開車的司機當然也是我們的人。

這個傢伙很喜歡辦一些棘手事件，而且對方又是弱女子，相信這個計劃一定會成功。

我們的工作，就是先繞到前面的青山墓地，等待載著明智的車子開來，不讓他通過那兒。

等到車子開過來且停下來之後，你我兩人就從兩邊打開門鑽入車內，立刻為明智注射麻醉劑讓他無法動彈。麻醉劑已經準備好了。

還有兩支手槍。另外，還有一位同志會過來支援。

既然你恨明智，就給你一個機會立功吧。來！這是手槍。」

化裝為乞丐的男子說著，從懷中掏出一支手槍遞給赤井。

「這個東西我沒用過，該怎麼用？」

「裏面沒有子彈。你就假裝用手指扣住扳機。首領最討厭殺人了。這支手槍只是用來威脅明智的。」

裏。

聽到沒有裝子彈，赤井好像不滿意似的，但是，還是把槍塞入口袋

「那麼，立刻去青山墓地嗎？」

他催促的問道。

「不，還太早了。約定的時間是七點半。晚一點也無妨。還有兩個小時，先吃飯吧，晚一點再去。」

乞丐說著，從掛在身上的小包袱裏掏出一件長袍，穿在骯髒的衣服上方。

兩人一起前往附近的安食堂吃飯，趕到青山墓地時已經夕陽西沉，街燈已經亮起了。

約定的場所是墓地中最荒涼的道路。晚上時一片漆黑，甚至連汽車都不會通過此處。

兩人一起坐在黑暗的河堤上，等待時機到來。

「真慢哪！天氣這麼冷！」

「啊！就快到了。我剛才在墓地入口的商店中看到時鐘是七點二十分，大概再十分鐘左右吧。」

兩人繼續聊著天，等了大約十分鐘後，終於看到汽車的車頭燈。

「來了，來了。就是那輛車。加油囉！」

結果，車子來到兩人面前時，真的踩煞車停住了。

「就是那個。」

說著兩人一起從黑暗中跳出來。

「你到那兒去！」

「好！」

兩個黑影立刻打開後座兩側的門。立刻從兩邊將手槍的槍口對準坐在後座的人。

同時，後座穿著洋裝的婦女也掏出手槍，連司機也拿著手槍轉過身來。也就是說，四把手槍全都對準坐在後座的人。

這個人就是明智偵探。偵探似乎中了怪盜二十面相的計謀。

「別動，否則開槍嘍！」

聽到有人大叫。

但是，明智似乎已經放棄了。他靜靜的坐在座位上，似乎不打算抵抗。因為表現得太溫馴了，令壞人感到可疑。

「幹掉他。」

聽到強而有力的低沈聲音。假扮為乞丐的男子和赤井寅三兩人鑽入車中。赤井好像抱住明智的上半身似的，另外一人則從懷中掏出好像白布的東西，很快的捂住偵探的嘴。

五分鐘之後，當男子鬆開手時，名偵探已經無法抵擋藥物的力量，像死人一樣昏倒了。

「嘿嘿嘿，真是不堪一擊的傢伙。」

同乘一輛車、穿著洋裝的婦人笑著說道。

「啊，繩子。快將繩子拿出來。」

假扮為乞丐的男子從司機那裏接過繩子，在赤井的幫忙下，綁緊明

智偵探的手腳，即使他醒過來也無法動彈。

「很好。這麼一來，偵探會暫時不省人事，我們就可以輕鬆的工作了。啊！首領還在等我們呢，快走吧！」

明智被扔入汽車的行李箱中，乞丐和赤井坐在後座上，車子疾駛而去。目的地就是怪盜二十面相的巢穴。

怪盜的巢穴

載有盜賊的手下的美麗婦人、乞丐、赤井寅三和昏迷的明智小五郎的汽車不斷往前奔馳，終於通過代代木的明治神宮，停在黑暗的雜樹林中的一棟住宅門前。

那是一棟有七、八間房間的中型住宅，門柱上掛有門牌北川十郎。可能因為屋內的人已經睡著了，因此沒有任何燈光透出來。

司機（當然是竊賊的手下）先下車按門鈴。聽到鏗的一聲，門上的小窺視窗打開了，裏面出現兩顆大眼珠。藉著門燈的亮度，可以看到一些光亮。

「啊，是你呀！怎麼樣，進行得順利嗎？」

眼珠的主人，小聲問道。

「嗯，很順利。快開門吧！」

司機回答著。這時大門打開了。

開門後，穿著黑色服裝的竊賊手下，全副武裝的站在門邊。

乞丐和赤井寅三扛著明智偵探，美麗的婦女跟在一旁扶著，一行人消失在門內後大門再度緊閉。

留在門外的司機再度跳上汽車，車子立刻疾馳而去，一溜煙就不見了。竊賊的車庫可能在其他地方。

扛著明智的三名手下進入門內，走到玄關的格子門前時，燈泡突然亮了起來。

第一次來到這個住宅的赤井寅三，因為燈光太亮而嚇了一跳，讓他

驚訝的還不只燈泡而已。

燈亮了，同時不久後只聽到人聲，沒有看到任何人，就好像是只有聲音的妖怪飄蕩在空中似的。

「增加了一個人，他是誰？」

聽起來不像人類的聲音，但是卻說著奇妙的話。

新加入的赤井，覺得有點不舒服的看著四周。

假扮為乞丐的手下，站在接近玄關的柱子邊，對柱子的某個部分開口說道：

「這位是新加入的同志，他和明智有深仇大恨。可以相信他。」

自言自語的說著，就好像在打電話一樣。

「喔，歡迎他加入。」

聽到這個聲音時，就好像自動裝置一樣，格子門無聲的打開了。

「哈哈哈……，很驚訝吧。我剛才和裏面的首領說話。他為了掩人耳目，因此，在柱子背後裝置擴音器和麥克風，首領是個很小心謹慎的人呢！」

假扮為乞丐的手下告訴寅三。

「但是，他怎麼知道我在這裏呢？」

赤井覺得很不可思議。

「嗯，待會兒你就知道了。」

對方並沒有向他解釋，扛著明智進入屋內，赤井也很自然的跟在他們身後前進。

來到另一個房間門前，一名壯漢站在那裏，看到一群人時笑著點點頭。

拉開紙門來到走廊，進入最裏面的房間。奇怪的是，在這間十個榻榻米大的空房間裏並沒有看到首領。

乞丐用下巴示意，美女的手下靠近壁龕，手伸到柱子後面，不知道做什麼。

結果如何呢？聽到喀咚一聲，房間正中央的一張榻榻米落了下去，

出現一個長方形的黑暗洞穴。

「就從這裏的梯子爬下去吧！」

說著看看洞中，的確有木梯。

真是太小心謹慎了。大門與玄關設有關卡，通過這兩處之後，如果不知道榻榻米的機關，當然也無法發現首領在哪裏。

「還在發什麼呆啊？」

三個人扛著明智一起下樓梯時，聽到頭頂傳來聲響，榻榻米洞穴再度恢復原狀，可能是用機械操作的。

來到地下室，發現那裏還不是首領的房間。藉著微暗的燈泡亮光走在水泥走廊上，發現前方有堅固的鐵柵欄擋住去路。

假扮為乞丐的男子，用很奇妙的節拍咚咚咚、咚咚的敲打鐵柵欄。結果沈重的鐵柵欄從內部被打開，啪的一聲炫目的燈光亮起。看到一間非常豪華的房間，正面擺著一張大的安樂椅，一位三十歲左右、穿著西服的紳士笑著坐在那裏，他就是怪盜二十面相。不知道這是不是他的真實面貌。他是一位留著一頭捲髮，沒有留鬍子的英俊男子。

「做得好。做得好。我不會忘記你們的功勞。」

首領對於抓到大敵明智小五郎，似乎感到非常高興。這也是理所當然的事情。只要能夠抓住明智，他在國內就沒有可怕的對手了。

可憐的明智偵探被五花大綁的扔在地上。赤井寅三不僅將明智扔在地上，甚至還用腳用力踢已經昏倒的明智的頭二、三下。

「看來你跟他真的有深仇大恨。那麼你就是我的同志。但是，雖然他是敵人，不過他可是國內獨一無二的名偵探喔，不要這麼粗魯的對待他。鬆開繩子，讓他躺在那張長椅上。」

首領怪盜二十面相知道應該如何對待俘虜。

手下依照命令解開繩子，讓明智偵探躺在長椅上。可能因為藥力還沒有退，偵探依然全身無力的躺在那裏，沒有醒過來。

假扮為乞丐的男子，說明綁架明智偵探時，為什麼讓赤井寅三加入的理由。

「嗯，做得好。赤井，你的確是可以發揮作用的人。而且你和明智有深仇大恨，這一點我最喜歡。」

怪盜二十面相因為逮捕到名偵探，似乎感到非常高興。

赤井就在此處重新宣誓加入集團，成為怪盜二十面相的弟子。儀式結束後，流浪漢急著詢問先前一直覺得很奇怪的事情。

「這裏的機關真的讓我感到很驚訝。這樣的話就算面對警方也不必怕了。可是，先前在玄關時為什麼知道多了我這個人呢？」

「哈哈哈……，這個嘛，你看這裏你就知道了。」

首領指著從天花板的一角，垂掛下來好像煙囱的東西。

既然首領說去看看，赤井就走到那裏去，朝著煙筒下方彎曲的筒口看去。

結果如何呢?透過這個筒可以看到住宅的玄關到門口的景色，而且是可愛的縮小版。至於先前開門的那名男子，可以清楚看到他還忠實的站在門的內側。

「好像潛水艇使用的潛望鏡一樣。而且比潛望鏡更複雜哦！」

難怪需要那麼亮的燈泡。

「但是，你現在看到的只是這個房子裏的一半機械而已，還有很多不為人知的機關喔。這地方才是我真正的根據地。此外，我還有一些藏身處，不過那些都是欺騙敵人的臨時住處而已。」

那麼，先前囚禁小林少年的戶山原的廢棄屋，也只是臨時的藏身處之一吧！

「以後你也會看到我在裏面的美術室喔！」

怪盜二十面相似乎非常高興的說了太多的話。在他坐的安樂椅的後方，有一個好像大銀行的金庫，由複雜機械機關的大鐵條重重保護著。

「裏面有一些房間，哈哈……，你一定感到很驚訝吧。這個地下室比建築在地面的住宅更寬廣，每個房間都分類陳列我一生的戰利品。以後我會讓你看的。

此外，還有一些沒有陳列任何東西、空無一物的房間，那是我打算近日運國寶進來放置的房間。你看到報紙了吧！應該知道那就是國立博物館的寶物，哈哈哈……。」

去除明智這個大敵後，這些美術品就好像已經到手一樣。怪盜二十面相很高興的笑了起來。

少年偵探團

到了第二天早上，明智偵探並沒有回家，因此家中引起大騷動。要求偵探同行，拜託他辦事的婦女曾留下了住址，因此加以調查。結果發現根本沒有什麼婦女住在那兒，這才察覺原來是怪盜二十面相施的詭計。

各晚報都刊出「名偵探明智小五郎被綁架」的大標題。同時刊出明智的照片，連電台也詳細報導這件事情。

「值得依賴的名偵探竟然成為竊賊的俘虜，博物館不安全了。」

六百萬的都民（當時東京的人口）好像覺得這件事情發生在自己身上似的，都感到非常懊惱。任何人群聚集的地方，都在討論這件事情。整個東京都的天空都瀰漫在一片陰霾中。

但是，在這個世界上，對於名偵探被綁架的事件感到最遺憾的，就是偵探的少年助手小林芳雄。

等了一晚到了天亮，不，應該說等了一天到了晚上，老師還是沒有回來。警方認為明智被怪盜二十面相綁架了，而報紙和電台也做了同樣的報導。小林不僅擔心老師的安危，同時，認為這件事有損名偵探的名譽，感到非常氣憤。

小林不僅自己感到擔心，同時還要安慰師母。畢竟是明智偵探的夫人，她並沒有著急或流淚。但是，因為不安而蒼白的臉，即使刻意的展露笑容，也只是令人同情、惋惜而已。

「師母，不要緊的。老師不見得會成為竊賊的俘虜。老師一定是在進行我們不知道的計策。他一定會回來的。」

小林不斷的安慰明智夫人，但是他自己也沒有自信。安慰的同時自己也覺得不安，因此無法再說下去了。

名偵探的助手小林，這一次也沒有辦法採取行動。因為他根本不知道怪盜二十面相的藏身處。

前天賊人的手下化裝成演紙人偶戲的小販前來探查，也許今天也有可疑的人物在這附近徘徊，那麼，就可以獲得賊窩的線索啦。小林抱持一縷希望，立刻爬上二樓看著外面，不過卻沒有看到任何人。竊賊已經達到綁架的目的，當然不需要再待在這裏了。

就這麼結束不安的第二夜，直到第三天早晨天亮時。

這天正好是星期天，明智夫人和小林少年草草吃完早餐後，有一位少年好像子彈般快速跑向玄關。

「對不起。小林，我是羽柴。」

聽到小孩的叫聲，驚訝的跑出來一看，站在那兒的真的是少年羽柴壯二。可愛的臉龐還在喘著氣呢！他一定是急忙趕來的。

各位讀者應該沒有忘記這位少年吧！他就是曾經在自宅庭院設下陷阱，讓怪盜二十面相受傷的大企業家羽柴壯太郎的兒子。

「壯二，你來啦。請上來。」

小林將小自己兩歲的壯二看成像弟弟一樣，帶他到接待室。

「有什麼事嗎？」

這麼詢問時，少年壯二以好像大人般的語氣說道：

「真是糟糕，明智先生到現在還是行蹤不明。有關這一點我想找你商量一下。

因為過去發生的事件，所以我一直非常崇拜你，我也想變成像你一樣出色。我在學校向大家說明你建立的功勞時，聚集了十位和我有相同想法的人。

大家希望成立一個少年偵探團。當然不會妨礙學校的課業。我的父親認為只要不必向學校請假，他也允許我這麼做。

今天是星期天，所以我帶領大家來看你。大家都會接受你的指示，希望借助我們少年偵探團的力量，能夠找出明智先生的行蹤。」

一口氣說完之後，壯二以可愛的眼睛看著小林少年，等他回答。

「謝謝。」

小林感動得快要流淚了，但是努力忍耐著，緊握著壯二的手。

「明智先生聽到你們的事情一定會非常高興。你們的偵探團一定可以幫助我。大家一起找線索吧。

但是，你們和我不一樣，你們不能遇到任何危險，如果有什麼萬一的話，我對不起你們的父母。

我現在想到一個一點都不危險的偵探方法。也就是『仔細聆聽』，聽每個人說話，任何小事都不要遺漏，這是掌握線索的偵探方法。

而且，對方對於小孩不會像對大人一樣戒備周密，警戒心可能會稍微放鬆，相信你們一定可以做得很好。

前一天晚上，陪同先生離去的那名女子的長相和服裝，以及汽車開走的方向等我都知道了，我想沿著那些方向找尋一些消息。

無論是詢問店裏的小夥計或郵差，或是在附近遊玩的孩子都可以。儘可能多詢問線索。

雖然知道車子離去的方向，但是前面有岔路，因此無法發現車子的行蹤。可是，如果我們有很多人手，應該就可以問出行蹤。遇到岔路時就派一個人往那條岔路去找線索吧。

今天一整天打聽消息也許就可以找到線索。好，就這麼做吧！」

「那麼，我把偵探團的所有人都叫進來囉！」

「好啊，我也跟你一起去。」

兩人得到明智夫人的允許後，一起走到門廊。壯二先行一步跑到門外，不久之後就帶了十名偵探團員來到門口。

一看，原來是小學高年級的學生，都是些健康快活的少年。

小林在壯二的介紹下，在門廊上和眾人打招呼，同時詳細指示尋找明智偵探的方法。

一行人全都贊成。

「小林團長萬歲。」

眾人推舉小林為團長，高興之餘甚至有少年高呼萬歲。

「我們快出發吧！」

一行人好像少年團似的，步伐整齊的消失在明智家門外。

下午四點

少年偵探團利用星期天、星期一、星期二、星期三以及學校的休假時間持續進行詳細的搜查，但是一直都沒有找到線索。

可是，東京的幾千名警察也無法找到線索，這真的是非常棘手的事件。沒有找到線索，並不是因為少年搜索隊無能，這些勇敢的少年日後當然也可能建立功勞。

明智偵探失蹤，可怕的十二月十日又一天天逼近了，警政署的人當然都非常焦躁，因為被通知要偷盜的物品是國家的寶物。搜查科長以及

與怪盜二十面相事件有關的中村組長都非常擔心。

到了十二月八日時，又發生一起大騷動事件。也就是，這天東京每日新聞的社會版刊載怪盜二十面相的投書。

東京每日新聞並不是盜賊的報紙，但是接到來自騷動事件中心的怪盜二十面相的投書，當然要當成一件大問題處理。因此，立刻召開編輯會議，最後決定全文刊載。

長篇文章的主要意思是：

「我通知在十二月十日要襲擊博物館，為了正確遵守約定，同時讓大家覺得我是個男子漢，我在東京都民面前通知時間。

那就是『十二月十日下午四點』。

博物館館長和警政署長必須盡量警戒。相關人士越是努力警戒，我的冒險才有價值。」

這就是文章的內容。原先已經預告日期，現在竟然連時間都清楚的說明，真是太大膽了。甚至還提醒博物館館長和警政署長要多注意。

如此一來，當然震驚了全東京都民。但是，到目前為止，還沒有人嘲笑這是竊賊的愚蠢手法。

當時的博物館館長，仍是史學界的大前輩北小路文學博士，這位老學者，非常在意竊賊的預告，特別前往警政署和警政署長商量各種警戒方法。

不僅如此。怪盜二十面相的事件，也成為國務大臣在內閣會議時的話題。其中總理大臣和法務大臣在擔心之餘，甚至將警政署長請到會議室，不斷的鼓勵他。

就在全東京都都民的不安中，十二月十日終於來臨了。

在國立博物館中，一大早館長北小路老博士以及三名股長、十名書記、十六名守衛和事務員全都出勤，各自就警戒的部署崗位。

當天大門緊閉，禁止參觀。

警政署派出由中村搜查組長嚴格挑選的五十名警察隊，分別守在博物館的大門、後門、圍牆外與館內各要地，甚至連螞蟻都爬不進來。

下午三點半，只剩下三十分鐘，竊賊約定的時間就到了，警戒陣當然是殺氣騰騰。

警政署的大型汽車已經到達，警政署長在刑事局長的陪同下出現。署長因為太擔心而待不住了，他認為一定要親自前來守護博物館不可。

署長一行人視察緊急狀況，然後前往館長室見北小路博士。

「真沒想到你會刻意前來，真是惶恐之至。」

老博士打招呼時，總監笑著說道：

「喔，真是不好意思。我實在是無法待在署裏。因為一位盜賊而引起這麼大的騷動事件，事實上是一種恥辱。這是我進入警政署以來從來沒有遭遇的嚴重恥辱。」

「哈哈哈……」老博士有氣無力的笑道：「我也一樣。竟然因為那乳臭未乾的盜賊而失眠了一整週。」

「只剩下二十分鐘了。耶，北小路先生，在二十分鐘內而且在這麼嚴密的警戒之下，怎麼可能偷盜這麼多美術品，就算變魔術，也不可能有這麼高明的技巧啊！」

「我也不知道。因為我也不會變魔術。我只希望四點早點過去。」

老博士好像有點生氣的說道。似乎不願意提到怪盜二十面相。

室內的三人就這樣沈默不語，看著牆上的時間一分一秒的過去。

穿著鑲金邊制服、體格壯碩的警政署長，與中等身材、留著八字鬍的刑事局長，以及穿著西裝像白鶴般留著白髮與白鬍鬚的北小路博士，三人各自坐在安樂椅上看著時鐘。現場瀰漫一股凝重的氣氛。經過十幾分鐘之後，原本沈默的刑事局長突然開口說道：

「明智現在不知道怎麼樣了。我和他的交情頗深，真的覺得很不可思議。根據我以往的經驗，他不可能是如此失策的男子。」

聽到這番話時，署長扭動肥胖的身軀看著部屬。

「你們似乎很崇拜明智這位男子。但是我不贊成。他只不過是一位民間偵探，能有什麼大作為。想靠個人的力量獨自逮捕怪盜二十面相，實在是誇大其詞。這次的失敗對他而言是一個好的教訓。」

「但是，想到明智以往的功勞，也不能夠一概而論啊！而且我和中村談過，他還說如果這個時候他在就好了。」

正當刑事局長還沒有說完的時候，館長室的門靜靜的被打開了，出現了一個人。

「明智在此。」

這個人笑著說道。

「啊，明智！」

刑事局長從椅子上跳了起來大叫著。

來人穿著合身的黑色西裝，頭髮蓬亂，就像平常的明智小五郎。

「明智，你怎麼……？」

「這個稍後再說。現在有重要的事情要辦。」

「當然嘍！一定要阻止美術品被偷盜。」

「已經太遲了。你看，已經過了約定的時間。」

聽到明智偵探的話，館長和署長與刑事局長全都看著掛在牆壁上的電鐘。長針已經過了十二的地方。

「喔，原來怪盜二十面相在說謊。館內毫無異狀……。」

「啊，是的，已經過了約定的四點。那個傢伙畢竟無法下手。」

刑事局長好像高奏凱歌似的叫道。

「不，竊賊遵守約定。博物館內已經空無一物了。」

明智以嚴肅的語氣說道。

名偵探的粗暴行為

「咦，你說什麼？沒有任何東西被偷盜了呀！我直到現在還一直盯著這個陳列室看著。博物館周圍還有五十名警察。難道我們這些警察是瞎子嗎？」

警政署長瞪著明智生氣的叫道。

「但是，寶物真的被偷走啦！怪盜二十面相真的會變魔術。不信的

話你們去檢查一下！」

明智平靜的回答。

「嗯！你說東西被偷走了嗎！好，大家去檢查一下。館長，我們就到陳列室去看一看這名男子說的是不是真的。」

因為認為明智不可能說謊，所以署長也想去檢查一下。

「好。那麼就和北小路先生一起去吧。」

明智對著白髮白鬍鬚的老館長笑著說道。

四個人一起走出館長室，朝著走廊盡頭的本館陳列場前進。明智很體貼的扶著北小路館長老邁的身軀走在前面。

「明智先生，你是不是在做夢啊？真的毫無異狀。」

進入陳列場時，刑事局長大叫著。

正如局長所說的，玻璃陳列架上的國寶佛像依然陳列在那裏，並沒有被偷走。

「你說這個嗎？」

明智用手指著佛像的陳列架，意味深長的看著局長，然後對站在那裏的守衛說道：

「把這個玻璃門打開。」

雖然守衛並不認識明智小五郎，但是因為他和館長與警政署長一起來，因此聽他的吩咐立刻拿來鑰匙，並且打開玻璃門。

接下來的瞬間，發生了奇怪的事情。

明智偵探難道瘋了嗎？他直接走進廣大的陳列架中，朝著裏面最大的古代木雕佛像接近，然後舉起手來，砰的一聲折斷佛像的手臂。

因為行動過於迅速，一旁的三個人全都嚇呆了而忘了阻止他，瞪大眼睛看著他將陳列架中的另外五個國寶級佛像陸續毀壞。

有的佛像手臂被折斷，有的被扭斷脖子，有些則是手指被折斷，看起來慘不忍睹。

「明智，你在做什麼。不可以！」

署長和刑事局長異口同聲的大叫著。明智跳出陳列架，嘆了一口氣

走到老館長身邊，握著他的手笑了起來。

「明智，這是怎麼一回事？你怎麼會做出這種粗暴的行為呢？這些都是博物館中最珍貴的國寶啊！」

臉色嚇得鐵青且生氣的刑事局長舉起雙手，打算抓住明智。

「哈哈哈……，這是國寶嗎？你們的眼睛沒有問題吧？請看清楚先前折斷的佛像的斷裂口，仔細檢查一下吧！」

明智以確信的語氣說著，好像在嘲笑刑事局長似的。刑事局長恍然大悟的接近佛像看著斷裂處。

結果如何呢？從折斷的頸部與手部的傷口一看，發現外部雖然是漆黑的佛像，內層竟然是白色的木頭。奈良時代的雕刻，是不可能使用這麼新的材料。

「你是說這個佛像是假的？」

「是啊！如果你有點美術眼光，不需要看這個傷口，一看就可以知道了。利用新的木頭製造仿造品，外面塗上塗料，看起來就好像老舊的佛像一樣。只要是專門製造仿造品的師傅就能做出來。」

明智加以說明。

「北小路先生，這是怎麼回事呀？國立博物館的陳列品怎麼都是贗品呢……？」

警政署長追問老館長。

「夠了！夠了。」

被明智攙扶著的老博士，突然有些難為情似的回答著。

聽到吵鬧聲後，三名館員慌慌張張的跑進來。其中有一名是古代美術鑑定專家，他好像是擔任這方面的組長，他看著破裂的佛像，立刻察覺到而大叫著：

「咦，這些全都是仿造品。真奇怪耶！昨天下午我進入陳列架中檢查，當時還是真品啊。」

「也就是說，到昨天為止的真品，今天卻突然變成贗品。真是奇怪啊，這到底是怎麼一回事呢？」

署長以狐疑的表情看著眾人。

「你還不知道嗎？這個博物館中早就已經空無一物了。」

明智說著，用手指著另一個方向的其他陳列架。

「什，什麼？你是說……」

刑事局長不禁大叫著。

先前趕過來的館員，似乎已經了解明智偵探的意思，因此走近架子前，整個臉好像貼在玻璃箱上似的，凝視著裏面發黑的佛畫。然後立刻大叫道：

「啊！那也是、這也是，館長，館長，這些畫全都是贗品，全都是贗品！」

「快點去調查其他的陳列架。」

不等刑事局長吩咐，三名館員大叫著跑向各個陳列架檢查。

「贗品，這些美術品全都是贗品。」

他們連滾帶爬的跑到樓下的陳列館，不久後又回到二樓。館員人數已經增加為十人以上。每個人都非常憤慨。

「樓下的情形也相同。剩下的全都是一些無用的東西。貴重品全都變成贗品……。但是，館長，這到底是怎麼回事？真的非常奇怪，到昨天為止沒有任何一件贗品。有關這一點我可以拍胸脯保證。但是，僅僅一天的時間，大小數百件美術品就好像魔法一般，全都變成贗品了。」

館員懊惱的跺腳大叫著。

「明智，我們似乎又被那傢伙愚弄了。」

署長以沈痛的語氣說著，同時看著名偵探。

「是啊。博物館的寶物已經被怪盜二十面相偷走了。」

眾人中，只有明智一點也不驚訝，嘴角還泛起微笑。

而且，他似乎為了鼓勵受到沈重打擊而根本沒有力氣站著的老館長似的，緊緊握著他的手。

說明真相

「我們真的不知道原因何在。那些美術品為什麼會在一日之間全都變成贗品？這不可能是人力可以辦到的事情。提到贗品，就算事先化裝為美術系學生參觀，畫下圖形後模擬出來，又是如何將真品調換出來呢？我真的完全不了解。」

館員好像想要解開難解的數學題似的思索著。

「到昨天傍晚為止，真的都是真品。」

署長詢問時，館員們很有自信的回答，他們異口同聲說道：

「真的沒有錯。」

「那麼，可能是在昨天半夜，怪盜二十面相一行人偷偷的溜到此處了。」

「不，不可能。因為大門和後門、圍牆周圍都佈滿警察徹夜守候。館內則從昨晚開始，館長和三名值班人員一直待在館內。他們怎麼可能溜進來。而且，如何將美術品運出去呢？我想這不是人力可以辦到的事情。」

館員說道。

「我不知道。真的非常神奇……。但是，怪盜二十面相這個傢伙似乎不是只會說大話的人。如果事先利用贋品調換真品，然後再來這麼一手，通知十日下午四點的時間，就根本毫無意義了嘛。」

刑事局長懊惱的說著。

「並不是毫無意義。」

明智小五郎好像為怪盜二十面相辯護似的。他好像和老館長北小路博士交情深厚似的，一直握著他的手。

「咦，你說不是毫無意義。到底是怎麼一回事啊？」

警政署長好像覺得很懷疑似的，看著名偵探問道。

「請看那個。」

明智看著窗子，指著博物館後方的空地。

「必須等到十二月十日的祕密就在那兒。」

那塊空地，是博物館創立時建造的館員值班室，現在已經廢棄不用了。幾天前開始拆除，幾乎已經完全拆除了。老舊的木材和屋頂、稻草等散落一地。

「拆除舊宅和怪盜二十面相的事件到底有什麼關係呢？」

刑事局長驚訝的看著明智。

「到底有什麼關係你應該知道……。能不能請中村刑警將昨天白天看守後門的警察帶來這裏問話。」

在明智偵探的指示之下，一名館員雖然不知道理由，還是趕緊跑下樓梯，立刻跟著中村搜查組長與另一名警察回來了。

「你就是白天守門的警察嗎？」

明智詢問時，警察在署長面前以立正不動的姿勢回答「是的」。

「那麼，昨天正午到一點之間，是不是有一輛卡車出現在後門。」

「您問的是，來載運拆除住宅的老舊木材的卡車嗎？」

「是的。」

「的確在後門出現。」

警察不知道那些舊木材出了什麼問題。

「現在大家知道了吧。這就是竊賊施行的魔法。看起來好像是舊木材，事實上這輛卡車載滿偷盜的美術品。」

明智看著一行人，開始說明真相。

「這麼說來，拆除舊屋的人員中有竊賊的手下嘍！」

中村組長不斷眨著眼睛詢問。

「是的。也許所有工作人員都是竊賊的手下喬裝改扮的。怪盜二十面相早就作好萬全的準備，等待這個絕佳的機會。因為拆屋是從十二月五日開始，但是著手準備的日期應該是在三、四個月之前，相信相關者都知道吧。十日應該是要運出舊木材的日子，所以通知的十二月十日就是這麼計算出來的。下午四點則是真正的美術品運達賊窟，而且就算已經知道剩下的是贗品，也來不及去追趕真品的時間。」

的確是相當周到的計畫。怪盜二十面相的魔術確實超出一般人的想像，非常令人驚訝。

「但是，明智，就算用這種方法運走美術品，竊賊們如何進入陳列室，又是如何將真品與贗品對調呢？這一點我不了解。」

刑事局長似乎很難相信明智的話語而問道。

「從昨天深夜就已經開始對調了。」

明智以知道所有事情的語氣持續說道。

「竊賊的手下化妝成工作人員，每天都來這裏工作，慢慢的將美術品的贗品運過來。將畫作捲成細的小捲，佛像則分解為手腳、軀幹與頭各自包裝，和木工道具等一起帶過來，沒有人會察覺這一點。大家只注意美術品可能被偷盜，沒有注意帶進來的東西。贗品全部被舊木材覆蓋著，一直到昨天深夜。」

「但是，誰進入陳列室對調美術品呢？工作人員傍晚時就回去了。雖然有幾個人留在館內，但是他們怎麼進入陳列室呢？到了晚上所有出入口都封鎖了，而且留在館內的館長和三名輪值人員根本沒有睡覺，一直監視著。怎麼可能瞞過這些人的耳目，對調這麼多物品呢?這根本是不可能的。」

其中一名館員提出詢問。

「事實上，他們的手段十分大膽。昨晚的三名輪值人員今天各自回家了吧。請打電話到這三人的家裏，詢問他們回家了沒有。」

明智又說出奇怪的話。由於三名輪值人員的家中都沒有裝設電話（早期並不是每戶人家都裝設電話），因此必須打電話到附近的商家去叫他們。其中一名館員立刻去打電話，發現三人從昨晚之後都沒有回家。輪值人員的家人認為可能是因為這次大事件的緣故，因此，誤以為他們今天還留在館裏而感到非常安心。

「三人離開博物館過了八、九個小時都還沒有回家，這不是有點奇怪嗎?因為昨晚熬夜輪值，身體一定非常疲憊，所以不可能出去玩，為什麼三人至今都沒有回家呢?你們了解其中的意思嗎?」

明智看著一行人繼續說道：

「沒什麼，因為三個人全都被怪盜二十面相的手下綁架了。」

「咦，綁架？這是什麼時候的事啊？」

館員大叫著。

「昨天傍晚，三個人出門準備值夜班的時候。」

「咦，昨天傍晚？這麼說，昨晚在這兒的三個人……。」

「都是怪盜二十面相的手下。真正的值班人員已經被綁在賊窟，改由竊賊的手下在博物館值班。既然由竊賊值班，調換贗品與美術品並非難事。

各位，這就是怪盜二十面相慣用的手法。並不是人力不可能辦到的事情。只要稍微動動頭腦就可以輕易辦到。」

明智偵探不斷稱讚怪盜二十面相的頭腦聰明，同時緊握著館長北小路的手腕，捏得他的手腕都痛了。

「啊，原來那些是竊賊的手下。被騙了，我被騙了。」

老博士氣得七竅生煙的呻吟著，兩眼往上吊且臉色蒼白，露出可怕的憤怒表情。但是，老博士為什麼沒有發現三個人是假扮的呢？就算他不認識怪盜二十面相，值班的三人，不可能喬裝改扮到連館長都認不出來吧。連北小路博士這樣的人都會輕易受騙，不是有點奇怪嗎？

逮捕怪盜

「但是，明智。」

警政署長等他說明結束後，詢問明智偵探。

「你好像自己就是怪盜二十面相似的，詳細說明美術品被盜走的順序。但這全都是你的想像，有什麼證據呢？」

「當然不是想像。是我親耳從怪盜二十面相的手下那裏聽到所有祕密。才剛剛聽到而已。」

「咦，你，你說什麼？你見到怪盜二十面相的手下。在什麼地方？

怎麼見到的？」

警政署長聽到這個出其不意的回答時，嚇了一跳。

「我是在怪盜二十面相的賊窩見到他們。署長先生，你應該知道我被怪盜二十面相綁架了。我的家人以及社會上的人都這麼想，報紙上也是這麼寫的。但是這只不過是我的計策而已。事實上我並沒有被綁架，反而成為竊賊的手下幫他綁架某個人呢。

就在去年的某一天，有一位希望成為我的弟子的人前來拜訪。我一看到那名男子就嚇了一跳，就好像眼前放了一面大鏡子似的，這位希望成為我的弟子的人的身材與相貌，連頭上的捲髮都和我絲毫不差。也就是說，這名男子就像我的影子一樣。因此，我希望他在一些場面能夠代替我。

當然，這件事情我並沒有讓任何人知道。我讓這位祕密武器住在某個地方以備不時之需。

有一天我外出前往這名男子的藏身處和他交換服裝。我讓這名男子先回到我的事務所，不久之後，我自己則化身為流浪漢赤井寅三拜訪明智事務所，在門廊上和自己的替身搏鬥。

竊賊的手下看到這種情景就完全相信我，認為我和明智之間有深仇大恨，應該可以邀請我加入成為怪盜二十面相的手下。因此，我還幫忙怪盜二十面相綁架我自己的替身，終於進入了賊窟。

但是，怪盜二十面相這傢伙對我不太放心，從加入他們行列的那一天開始，就只讓我在家中工作，並沒有讓我外出。當然，也沒有對我透露偷盜博物館美術品的手段。

終於到了今天。我下定決心一直等待到下午。到了下午兩點時，我看到竊賊藏身處的地下室入口有許多穿著拆屋工作人員服裝的手下，手上拿著珍貴的美術品走了下來。

當然，這些都是從博物館偷盜的美術品。

我看守地下室時事先準備好酒菜，和外出的手下與和我一起留守的手下舉杯慶賀。這些手下因為完成大事業而非常高興，因此，喝了許多酒。三十分鐘後他們全部倒下。

你知道他們為什麼倒下嗎，你們應該知道吧，因為我從竊賊的藥品室偷出麻醉劑，事先摻在酒中。

緊接著我自己偷偷的溜出來，前往附近的警察局說明事情的始末。拜託他們逮捕怪盜二十面相的手下，同時，保管藏在地下室的所有美術品。

你應該感到高興。被竊盜的物品全部可以物歸原主了。怪盜二十面相偷走國立博物館的美術品，以及先前那位可憐的日下部老人的寶物，所有東西現在全都可以物歸原主了。」

明智仔細說明事情的始末，大家全都陶醉的聽著。不愧是名偵探，正如同他在人前誇口的，靠自己的力量直搗賊窟，取回所有的偷盜品且抓住壞蛋。

「明智先生，你做得太好，太好了。以往我錯看你了。我在此向你致謝。」

警政署長來到名偵探的身邊，握著他的左手。

為什麼握左手呢？因為明智的右手握著老博物館長的手，一直都沒有放開。真是奇妙啊！明智為什麼一直抓著老博士的手呢？

「怪盜二十面相，那個傢伙是不是也喝了麻醉藥呢？你先前一直提到他的手下，都沒有提到二十面相，難道這位可怕的首領溜走了嗎？」

中村搜查組長突然察覺這一點，擔心的問道：

「不，怪盜二十面相並沒有回到地下室，不過我卻抓住了他。」

明智笑著回答。

「他在哪裏？他到底在哪裏？」

中村組長著急的問道。其他人包括署長在內，都看著名偵探，等他的回答。

「就待在這裏，抓到他啦！」

明智以平靜的語氣回答。

「在這裏？他現在在哪兒？」

「就在這裏呀！」

明智到底在說些什麼？

「我說的是怪盜二十面相耶！」

組長訝異的問道。

「我說的也是怪盜二十面相啊！」

明智愉快的回答。

「你說的真奇怪耶，這裏不都是我們認識的人嗎？難道你說怪盜二十面相躲在這個房間裏？」

「是呀！我會證明給你們看的……。拜託能不能再幫忙一下，真是不好意思，一直麻煩你。樓下的接待室有四名客人在等待著，請把他們叫到這兒來。」

明智又說出令人意外的話。

一名館員趕緊下樓。不久之後，便聽到上樓的雜沓腳步聲，四名客人全都出現了。

看到這些人後，在場的人全都發出「啊」的叫聲。

四人之中，帶頭的就是白髮、白鬍鬚的老紳士，也就是北小路文學博士。

另外三人，則是從昨天傍晚就失蹤的三名值班人員。

「這些人，都是我從怪盜二十面相的巢穴救出來的。」

明智說明著。

這到底是怎麼回事呢？難道有兩位博物館長北小路博士嗎？

一位是剛剛從樓下上來的北小路博士，另外一位就是先前一直被明智抓住手的北小路博士。

兩人的服裝、相貌分毫不差，兩位老博士大眼瞪小眼的互相對看。

「各位，你們知道怪盜二十面相是喬裝改扮的名人吧！」

明智偵探將先前一直很親切的握著的老人的手，用力扭到背後並按到地上，同時扯下所有的假白髮與白鬍鬚，結果出現黑色的頭髮與年輕的臉龐。這位就是真正的怪盜二十面相。

「哈哈哈……，怪盜二十面相，辛苦你了。先前一直讓你受苦，真不好意思。眼看著自己的祕密一一被揭穿，你必須裝作若無其事的樣子一直忍耐著。就算想要逃走，但是，在眾人面前卻無法逃走，不，應該說我的手就好像手銬一樣，緊緊的抓住你的手腕，你的手腕是否發麻了呢？也許我欺人太甚了！」

明智似乎有點同情似的，俯看著沈默不語的怪盜二十面相，說著諷刺的話語。

那麼，化裝為館長的怪盜二十面相，為什麼不早一點逃走呢？昨晚的目的已經達成，他只要和三名替身館員一起撤退，就不會遭遇這麼悲慘的下場了。

但是，各位讀者，不要忘了他是怪盜二十面相。他並不打算逃走，厚顏無恥的待在那裏才是怪盜二十面相的做法。他很想看看相關人員看到假的美術品時驚訝的表情。

如果明智沒有出現，他也會一直假裝自己是館長，在下午四點之後

發現美術品被偷盜，等著看眾人震驚的表情。這的確是怪盜二十面相的冒險行為。但是，過度冒險反而會造成無法挽回的悔恨。

明智偵探看著警政署長說道：

「那麼，我就把怪盜二十面相交給你了。」

說著施上一禮。

一群人面對意外的場面，嚇得目瞪口呆，呆立在那裏一動也不動，甚至忘了稱讚名偵探的偉大功勞，一會兒，突然回過神來的中村搜查組長，趕緊走近怪盜二十面相身邊，用準備好的繩子綁住他。

「明智，謝謝你。由於你的幫忙，我才能親手綁住我痛恨至極的怪盜二十面相。對我而言，這真的是最痛快的事情。」

中村組長的眼中泛起感謝的淚光。

「那麼，我就帶著這個傢伙去讓大門外的警察們高興一下吧……。怪盜二十面相，走。」

組長推著怪盜，向一行人告辭之後，跟隨佇立在旁的警察一起走下樓梯。

博物館的大門前聚集了十多名警察。從建築物的正面入口，看到了將怪盜二十面相五花大綁的組長出現時，大家爭先恐後的聚集過來。

「各位，你們應該感到高興。藉著明智的力量，我們終於抓到這個傢伙了。這位就是怪盜二十面相。」

組長高興的報告著。所有警察也都大聲歡呼。

怪盜二十面相真是非常悲慘。就算怪盜也有運氣不好的時候。顯然他已經放棄了，連展露笑容的力氣都沒有，臉上甚至失去元氣。

一行人把盜賊夾在中央，離開大門。門外是宛如公園森林般的樹木。樹木前方有兩輛警車停著。

「喂，來人啊，把其中一輛車叫過來。」

在組長的命令下，一位警察握著警棍跑了出去。一群人的視線全都聚集在車子上。

警察們因為竊賊有氣無力的樣子而感到安心。中村組長也只注意到

警車。

就在這時，周圍眾人的眼光暫時離開竊賊。對竊賊而言這是絕佳的機會。

怪盜二十面相咬緊牙關，用盡全身的力量突然掙脫中村組長抓著的綁在他身上的繩子。

「啊，等等！」

組長大叫著重新站直身體時，竊賊已經如同箭一般衝向十公尺外的距離，保持雙手被反綁的奇妙姿態跳入森林中。

森林入口處，有十位好像剛剛散步回來的小學生佇立觀看。

怪盜二十面相匆忙跑過來時，突然覺得這些小傢伙阻礙他的通路，因為要逃入森林一定要通過該處才行。

奇怪，這些小孩看到我奇怪的表情怎麼不害怕、不逃走呢？如果他們不逃走，我就將他們踢走。

竊賊心中盤算著，因此朝小學生衝去。

但是，怪盜二十面相的計畫落空了。小學生們不但沒有逃走，反而大叫著撲向賊人。

各位讀者已經知道了吧！這些小學生就是以小林芳雄為團長的少年偵探團。少年們這段期間以來，一直在博物館周圍巡視，希望找機會幫忙。

帶頭的小林少年看到怪盜二十面相時，如同子彈般衝了過去。接下來羽柴壯二和其他少年全都撲向怪盜。雙手被反綁的怪盜立刻被撲倒在地。

怪盜二十面相真的是太不幸了。

「謝謝你，你們真勇敢。」

急忙跑過來的中村組長向少年們道謝，與其他警察合力抓住竊賊，為了避免他再度逃脫，從兩邊夾住怪盜，將他架上警車。

這時，一名穿著黑色西裝的紳士出現在門口，他就是聽到吵鬧聲而趕過來的明智偵探。小林少年看到老師平安無事，既驚又喜的跑向他。

「小林。」

明智偵探不禁叫著少年的名字，拍拍雙手抱緊了跑過來的小林。真是一幅美麗、溫馨的情景。這對令人羡慕、關係親密的師徒，已經合力完成逮捕怪盜的任務，同時，發現大家都平安無事而感到非常高興。

佇立在一旁的警察們深受這美麗的情景所吸引，感覺非常溫馨的笑著看著兩人。少年偵探團的十名小學生已經無法再忍耐了，沒有任何人帶頭，大家全都高舉雙手，以可愛的聲音異口同聲不斷的高聲叫道：

「明智先生萬歲！」

「小林團長萬歲！」

解說

揭開「少年偵探」系列的序幕

——怪盜二十面相與明智小五郎的對決

砂田弘
（兒童文學作家）

江戶川亂步的「少年偵探」系列，是幾十年來深受日本少男、少女喜愛的長銷書籍。也許你們的爺爺奶奶與爸爸媽媽，在少年少女的時代都喜歡看「少年偵探」系列。據說現在的日本天皇在少年時代也是個偵探迷。我想，看過這個系列的少年男女人數大約多達一億人。

「少年偵探」系列總共有二十六集，第一集就是這本『怪盜二十面相』。

『怪盜二十面相』是在距今六十幾年前，在講談社發行的一九三六年一月到十二月號的『少年俱樂部』中連載。作者江戶川亂步當時已經是著名的推理小說作家。這是他第一次寫適合兒童看的書。

開始連載後，立刻受到讀者歡迎。明智小五郎、小林少年和怪盜二十面相都成為全國少年的英雄。到了雜誌發行日時，一大早就有許多人前往書店大排長龍。邊走邊看『怪盜二十面相』的少年也不少。根本沒有等到回家就看完了。

執筆『怪盜二十面相』時，手拿「少年俱樂部」雜誌的江戶川亂步

本系列作品受讀者歡迎的祕密到底在哪裏呢？

首先就是，這系列的故事非常有趣，包含許多精巧的機關和令人震驚的場面。而且文章平易近人，即使到了現代閱讀，也不會覺得這是六十多年前寫的小說。

第二點就是，登場的人物深具魅力。主角怪盜二十面相是個喬裝改

怪盜二十面相

連載『怪盜二十面相』時的「少年俱樂部」。講談社刊　梁川剛一繪圖

扮的名人，專門偷盜寶石與美術品而不喜歡現金。同時，他很討厭殺人或傷人，而且一定會預告自己的犯罪行為。怪盜二十面相雖然是個壞蛋，但也是一位紳士，因此能夠成為英雄。

怪盜二十面相的勁敵是明智小五郎，他擁有不亞於英國的推理小說作家柯南・德爾創造的福爾摩斯般聰明的頭腦，是一位名偵探。而明智小五郎的助手，活躍的小林少年，以及勇敢、頭腦聰明的少年偵探團成員等，相信可以讓讀者們回想起自己的少年時光。

事實上，『怪盜二十面相』是作者以法國推理小說作家摩里斯・盧布朗的『

怪盜亞森羅蘋』為模型創作的書籍。怪盜二十面相和羅蘋的確非常相似，但並不是完全相似。作者只是因為羅蘋的啟示而創造出新的怪盜。例如，羅蘋就不像怪盜二十面相一樣令人毛骨悚然。

頭版『怪盜二十面相』　講談社刊

作者創作『怪盜二十面相』的時代，正好是日本發動侵略亞洲戰爭的時代，當時由軍人掌權。這個故事在「少年俱樂部」開始連載後不久，一九三六年二月，在一個下著大雪的夜晚，發生了重大的陸軍青年軍官襲擊日本首相和大臣的二二六事件。

老師們在學校中一定會說一些有關戰爭的話題。適合孩子看的讀物大半都在歌頌戰爭，而「少年俱樂部」中也介紹一些有關戰爭的故事。少年們對於千篇一律的內容感覺厭煩時，這時與戰爭無關的『怪盜二十面相』登場，當然會吸引少年的注意。不僅少年，甚至有許多少女也成

怪盜二十面相

怪盜二十面相與明智小五郎初次相遇的東京車站。當時是 1914 年(『日本國有鐵道百年史』的記載)

為『怪盜二十面相』迷。

※　※

作者江戶川亂步本名平井太郎。一八九四年出身於日本三重縣。就讀早稻田大學的學生時代時，開始對外國的推理小說（當時稱為偵探小說）深表關心。一九二三年時發表『兩枚銅幣』，深獲好評。據說日本推理小說的歷史就是從這個時候開始的。江戶川亂步這個筆名來自於堪稱世界最初的推理小說作家美國的艾德嘉•亞藍波的名字。由此可知亂步真的很喜歡推理小說。

後來發表『D坂的殺人事件』、『閣樓的散步者』等更著名的作品。接下來又陸續發表『帕諾拉馬島奇譚』、『蜘蛛男』等代表作品，成

為推理小說的第一人。明智小五郎最初登場的時間是在一九二五年的『D坂的殺人事件』，而小林少年則是在一九三〇年的『吸血鬼』中首先登場。

當「少年俱樂部」拜託他寫連載小說時，亂步當時正陷入低潮中。身處軍國主義社會中，無法隨心所欲的寫文章。於是就在對方的請託之下，試著寫一些適合兒童閱讀的推理小說。

由於『怪盜二十面相』獲得成功，因此，亂步每年都為「少年俱樂部」寫連載推理小說。雖然，第二次世界大戰後連載的雜誌改變了，但是，二十七年來共創作了二十六集「少年偵探」系列小說。

※　※　※

『怪盜二十面相』的內容，就是怪盜二十面相與明智小五郎對決的故事。從東京車站月台的對決開始，主要的對決場面有五次。大家認為哪一個場面的感覺最刺激呢？

推理小說，包括可以以科學方式解答謎團的真正的推理小說，以及

怪盜二十面相

摻雜一些令人毛骨悚然的神奇事件的奇怪、幻想的小說兩種，亂步在這兩方面都是一流的作家。「少年偵探」系列最大的魅力就是兼顧了這兩者。也就是說，本系列是非常棒的解答謎團的故事，同時也是很棒的現代怪談。

生活廣場系列

①366 天誕生星
馬克・矢崎治信／著　定價 280 元

②366 天誕生花與誕生石
約翰路易・松岡／著　定價 280 元

③科學命相
淺野八郎／著　定價 220 元

④已知的他界科學
天外伺朗／著　定價 220 元

⑤開拓未來的他界科學
天外伺朗／著　定價 220 元

⑥世紀末變態心理犯罪檔案
冬門稔貳／著　定價 240 元

⑦366 天開運年鑑
林廷宇／編著　定價 230 元

⑧色彩學與你
野村順一／著　定價 230 元

⑨科學手相
淺野八郎／著　定價 230 元

⑩你也能成為戀愛高手
柯富陽／編著　定價 220 元

⑪血型與 12 星座
許淑瑛／編著　定價 230 元

⑫動物測驗——人性現形
淺野八郎／著　定價 200 元

⑬愛情・幸福完全自測
淺野八郎／著　定價 200 元

大展出版社有限公司
品冠文化出版社

地址：台北市北投區(石牌)
致遠一路二段12巷1號
郵撥：0166955～1

電話：(02)28236031
28236033
傳真：(02)28272069

圖書目錄

・生活廣場・品冠編號 61

1. 366天誕生星　李芳黛譯　280元
2. 366天誕生花與誕生石　李芳黛譯　280元
3. 科學命相　淺野八郎著　220元
4. 已知的他界科學　陳蒼杰譯　220元
5. 開拓未來的他界科學　陳蒼杰譯　220元
6. 世紀末變態心理犯罪檔案　沈永嘉譯　240元
7. 366天開運年鑑　林廷宇編著　230元
8. 色彩學與你　野村順一著　230元
9. 科學手相　淺野八郎著　230元
10. 你也能成為戀愛高手　柯富陽編著　220元
11. 血型與十二星座　許淑瑛編著　230元
12. 動物測驗—人性現形　淺野八郎著　200元
13. 愛情、幸福完全自測　淺野八郎著　200元
14. 輕鬆攻佔女性　趙奕世編著　230元
15. 解讀命運密碼　郭宗德著　200元

・女醫師系列・品冠編號 62

1. 子宮內膜症　國府田清子著　200元
2. 子宮肌瘤　黑島淳子著　200元
3. 上班女性的壓力症候群　池下育子著　200元
4. 漏尿、尿失禁　中田真木著　200元
5. 高齡生產　大鷹美子著　200元
6. 子宮癌　上坊敏子著　200元
7. 避孕　早乙女智子著　200元
8. 不孕症　中村春根著　200元
9. 生理痛與生理不順　堀口雅子著　200元
10. 更年期　野末悅子著　200元

・傳統民俗療法・品冠編號 63

1. 神奇刀療法　潘文雄著　200元

怪盜二十面相

國家圖書館出版品預行編目資料

怪盜二十面相／江戶川亂步著；施聖茹譯
－－初版－臺北市，品冠文化，2001〔民 90〕
面；21 公分 —— （少年偵探；1）
譯自：怪人二十面相
ISBN 957-468-102-5（精裝）

861.59　　　　　　　　　　90016802

版權仲介：京王文化事業有限公司

少年偵探 1　怪盜二十面相　　ISBN 957-468-102-5

著　　者／江戶川亂步
譯　　者／施　聖　茹
發 行 人／蔡　孟　甫
出 版 者／品冠文化出版社
社　　址／台北市北投區（石牌）致遠一路 2 段 12 巷 1 號
電　　話／(02) 28233123・28236031・28236033
傳　　真／(02) 28272069
郵政劃撥／19346241
E - mail／dah-jaan @ms 9. tisnet. net. tw
登 記 證／北市建一字第 227242 號
區域經銷／千淞圖書有限公司
地　　址／三重市中興北街 186 號 5 樓
電　　話／(02)29999958
承 印 者／國順文具印刷行
裝　　訂／源太裝訂實業有限公司
排 版 者／千兵企業有限公司
初版 1 刷／2001 年（民 90 年）12　月
初版發行／2002 年（民 91 年） 1　月

~~定　價／300 元~~
試閱價／**189** 元

大展好書　好書大展
品嘗好書　冠群可期